________________ 님께

당신이 있어
나는 참 행복한 사람입니다

________________ 드림

당신을 만나서 참 좋았다

당신을 만나서 참 좋았다

김남규 지음

이지북
ez-book

들어가며

당신과 나누고 싶은 이야기

언젠가 국립중앙박물관에서 선조의 비문碑文 전시를 볼 기회가 있었습니다. 그중 "한번 봉인되면 영원이니, 참으로 안타깝다"라고 쓰여 있던 문장이 기억에 남습니다. 성경에서도 '아침 풀잎에 맺히는 이슬, 허공으로 퍼지는 연기'라며 인생의 덧없음을 표현하기도 했지요. 비슷한 맥락으로 "나의 선택 없이 태어났고, 정신을 차려보니 이곳이더라"라는 말도 생각이 납니다.

저는 삶과 죽음이 교차하는 병원에서 의사로 근무하며 생명의 회복과 소멸을 경험해왔습니다. 처음으로 죽음을 접했던 것은 의과대학 1학년 해부학 실습 때입니다. 기증된 시신은 영혼이 떠난 후라 그런지 한낱 물체에 불과하다는 느낌이었고 참 초라해 보였습니다. 길지 않은 시간 동안 복잡한 생각이 오갔던 기억이 납니다.

이후로도 20년이 넘게 생명이 소멸되는 과정을 지켜보면서 아직도 그 생각은 끝없이 꼬리에 꼬리를 물며 계속되는 처지입니다. 자연의 섭리라고는 하지만 생명이 죽어가는 과정을 순순히 받아들이기란 참 어렵습니다. 죽음을 목격하는 일은 아무리 경력이 오래된 의사라도 여전히 괴롭습니다. 소중한 사람들의 보살핌, 최신의 의료설비와 기술로도 살리지 못하고 떠나보내는 생명을 보며 '삶이란 정말 아름다운가' 하고 자문한 적도 많습니다.

하지만 병에서 회복되어 새로운 삶을 찾고, 일상으로 돌아가는 환자들을 볼 때면 마음속에서 슬픔의 자리보다 보람과 기쁨의 자리가 더 크게 채워집니다. 또한 환자와 그 가족, 의료진이 경험하는 놀라운 기적 안에서 사람에게 주어진 하루하루는 얼마나 소중하고 귀한 시간인지 다시 한번 깨닫고는 합니다. 이처럼 병원은 두려운 장소이기도 하지만 지금 삶의 소중함을 역설적으로 알려주는 고마운 곳이기도 합니다.

이 책은 지난 수년간 '진료실에서 부친 편지'라는 제목으로 웹사이트 유어스테이지yourstage.com에 기고했던 칼럼과 그 외에 개인적으로 쓴 글을 모은 것입니다. 거창한 주제를 다룰 능력은 없지만, 그저 수채화처럼 그려낸 진료실의 풍경을 독자들과 함께 바라보면서 삶과 죽음에 대한 솔직한 이야기를 나누고 싶었습니다. 진료실에서 환자와 그 가족을 만나고, 투병 과정을 함께 겪다보면 느끼게 되는 소중한 것들이 아주 많습니다. 우리가 쉽게 잊고 지내는 인생의 소중한 가치들을 부족한 저의 글을 통해 여러분과 함께 나눴으면 좋겠습니다.

일생을 보내며 만난 부모, 형제, 친구, 은인, 병원에서 만난 수많은 환자와 그 가족들…….

당신을 만나서 참 좋았습니다.

연세대학교 세브란스 병원 진료실에서

김남규

Contents

2 천국으로 가는 두 가지 질문

3 무엇이 사람을 살게 하는가

4 소중한 것은 가까이에 있다

아무리 작은 것이라도 힘이 존재한다.
떨어지는 물방울이 바위를 조각내듯이,
증기가 되어 엔진을 움직이듯이,
작은 생명조차도 그 힘은 막강하다.

— 알베르트 슈바이처

1

생명이라는 계절

진료실의 봄

아침에 비가 내렸다. 봄은 멀리서 이미 오고 있었다. 따듯한 기운을 뿌리며 보슬대는 비가 정겹기만 하다. 서울은 아무리 조그마한 공간이라도 건물이 들어서 있어 눈을 들어 하늘이라도 보지 않으면 마음에 여유를 갖기가 정말 어렵다. 하지만 오늘은 비가 내리는 덕에 이렇게 세상을 감상하는 짧은 휴식을 만끽하게 됐다.

진료실에도 봄은 오고 있다. 환자나 보호자의 옷차림에서도 봄 내음이 느껴진다. 나 역시 겨울 내내 움츠렸던 몸이 햇빛을 받고 활짝 기지개를 켜듯 좀 더 활기차졌다.

대학병원에서 진료를 받아본 사람들은 흔히 '두 시간 대기, 삼 분

진료'라고들 말한다. 안타깝지만 실제로 벌어지고 있는 상황이다. 짧은 시간에 환자나 보호자의 요구를 해결하다보면 그들과 교감할 시간이 거의 없다고 해도 지나친 말이 아니다. 그러나 그 와중에 여유를 부려서 이런저런 안부를 물어보면 환자가 전해주는 봄 이야기를 들을 수 있다.

남도에서 온 농사일을 하는 환자는 최근에 감자 심은 이야기를 들려주며 감자꽃이 피는 시기와 수확 시기가 6월이라고 알려주었다. 그러면서 새참 때 막걸리 한 사발을 마셔도 되는지 물어본다. 요즈음 농사일을 많이 한다고 했다. 당연히 마셔도 된다고 답해주었다. 그 한마디에 환자의 입가에 행복한 미소가 번졌다. 힐끗 보이는 옆자리 보호자의 입에서도 환한 미소가 번진다. 환자를 위로하는 따듯한 말 한마디를 고마워하는 표정이 역력하다.

환자 한 사람 한 사람을 같은 마음으로 진료하고, 개개인이 요구하는 사항을 다 들어줘야 하는 직업을 의사라고 생각하면 확실히 고달픈 일 중 하나인 것은 분명하다. 하지만 아무리 바쁘고 여유가 없더라도 환자의 입장에서 고민하고, 해야 될 일이라고 긍정적으로 생각하면 마음이 한결 편안해진다.

이날따라 꽃샘추위도 있었다. 진료실에서 가장 난감할 때는 검사 결과가 안 좋을 때이다. 특히 검사 결과 암이 재발되었을 때는 이 사실을 어떻게 전해야 하나 순간 고민될 때가 많다. 한 40대 남자 환자는 수술 당시에 전이가 있어 상태가 심각했다. 수술 후 항암치료를 시작할 때 현재의 환자 상태를 그대로 전했다가는 실망이 커서 치료 반응이 좋지 않을 것 같았다.

항암 약물치료가 끝나고 검사 결과를 보니 암은 여전히 진행되고 있었다. 환자와 보호자는 화를 많이 내면서 그동안의 치료 과정에 대해 불만을 토로했다. 분명 내 기억으로는 수술 직후 보호자에게 상황을 설명한 것 같은데, 환자 입장에서는 아주 절박하다보니 이런 반응을 보이기도 한다. 잘 설명하고 후속치료에 들어가도록 권유했다.

진료실에서 건강을 회복해 완치된 환자를 보는 것은 큰 기쁨이다. 반면 이렇게 암이 더 진행되거나 재발되어서 고생하는 환자들을 볼 때면 안타깝기 그지없다. 적극적으로 도와주지 못한 것이 마음에 걸리기도 한다.

겨울이 가면 봄이 돌아오는 자연스러운 계절의 법칙처럼 우리 인간도 그 법칙에 겸손히 순응해야 한다는 것을 오늘 진료실에서 다시 한번 느꼈다. 아무리 의술이 발달한 현대의학이라 한들, 이미 존재하는 자연의 법칙을 거스를 수 없다. 수없이 반복되는 억겁의 시간 속 생로병사를 어떻게 잠깐 스쳐가는 삶이 다스릴 수 있겠는

가. 그저 잘 회복해서 밝은 봄의 기운을 보여주는 환자들에게 감사할 뿐이고, 나는 그저 회복에 도움을 준 보조자로서 겸허한 자세를 갖는 것이 마땅하다고 생각한다.

자정이 다 된 시간, 집에 들어와서 잠을 청하려는데 불 꺼진 안방으로 은은한 빛이 들어왔다. 창밖을 보니 밝은 달이 온 세상을 환히 비추고 있었다. 옛사람들이 달과 교감하여 많은 문학작품을 탄생시켰다는데, 지금 이 순간 그들이 어디서 그런 영감을 얻었는지 알 수 있을 것 같다. 달빛의 은은함은 사람의 마음을 은근하게 사로잡는 매력이 있는 것 같다. 한동안 달빛 때문에 뒤척이다가 잠이 들었다.

아름다움에 대한 담론

부활절이다. 미사 후 곱게 단장한 달걀 한 쌍을 감사하게 받았다. 부활절 달걀은 단단한 껍질을 깨고 나오는 새로운 변화와 생명을 상징한다. 헤르만 헤세의 소설 《데미안》에서 새가 알을 깨고 나오는 과정은 성숙을 의미한다고 읽은 기억이 난다. 아마도 애벌레가 고치 껍질을 벗어던지고 아름다운 나비가 되어 하늘을 훨훨 날아가는 것도 같은 의미가 아닐까.

봄이 오는 길목에 서면 베토벤의 〈아델라이데〉가 라디오에서 자주 흘러나온다. 특히 독일의 테너 프리츠 분더리히가 노래한 버전을 들으면 봄이 오는 신호탄 같다는 생각이 든다. 아델라이데는 원래 꽃 이름이지만 아름다운 여성에게 붙이는 명칭이기도 하다.

이맘때면 아델라이데 같았던 아름다운 여자 환자 한 명이 떠오른다. 꽃다운 나이 20대 후반에 직장암으로 수술을 받고 항암치료 후에 퇴원했던 그 환자는 직장생활을 잘하던 어느 날 암이 재발되어 다시 힘든 항암치료를 시작하게 되었다. 그녀는 치료 중에도 한 치의 흐트러짐 없이 의연하게 힘든 모든 과정을 잘 참고 견뎌냈다. 내가 병실을 방문할 때면 누워 있다가도 바로 일어나 공손히 무릎을 꿇고 앉아 겸손한 태도를 보였다. 옆에서 간호하던 어머님도 마찬가지였다. 매사에 내가 미안할 정도로 공손하게 반응하며 힘들어도 전혀 내색하지 않은 채 한결같이 긍정적인 태도를 보여주었다. 환자는 잘 먹지 못해 전보다 야위기는 했지만 여전히 보기 좋은 모습이었고, 그렇게 퇴원해 잘 지내는 줄 알았다.

그랬던 환자가 상태가 많이 안 좋아져서 다시 입원한 것이다. 재발된 암이 골반에 많이 퍼져서 주변 뼈를 침범했고, 극심한 통증 때문에 바로 눕지 못하는 상황이었다. 아울러 암이 항문에도 침범해 대변 조절이 안 되는 상태였다. 인공항문인 장루腸瘻를 할 수밖에 없는 상황이어서 대장루로 변을 보게 해주었다. 이후 병실에서 다시 만난 그녀는 얼굴이 많이 붓고 힘들어하면서도 미소를 잊지 않은 채 장루로 배변이 잘 되니 조금 편해졌고 식사도 할 수 있다고 이야기했다.

그로부터 한 달 반 만에 외래에서 만난 환자는 휠체어에 의존한 상태였다. 얼굴이 많이 야위었고 전형적인 말기암 환자의 모습을 보였다. 환하게 웃고 있었지만 예전의 아름다운 모습이 이제는 서서히 사라지고 있었다. 양쪽 볼은 파이고 얼굴에 윤기는 없었다. 복부 전산화단층촬영 결과 암이 너무 많이 진행되어 있었다. 그러나 진통제에만 의존하고 있는 상황에서도 삶에 대한 의지는 누구보다 강했다. 몸이 회복되면 항암치료를 다시 받겠다고 했다. 나는 애써 환자에게 희망을 주었고 환자도 웃으면서 나갔다.

육체의 변화, 추함, 죽음 등은 우리 모두가 외면하고 싶은 것들이다. 다시금 생각해보게 된다. 아름다움이란 무엇이기에 사람들은 그것을 추구하는가? 아름다움은 생명 자체인가? 그렇다면 죽음으로 가는 것, 소멸되는 것은 추한가?

살아갈 날이 더 많아야 할 청춘이 병으로 변해가는 모습, 특히 아름다움에서 다른 쪽으로 변해가는 것, 그것도 자연스러운 변화가 아닌 병으로 급격히 변화되는 것을 보고 있노라면 꽃이 시들 때와 같은 허무함과 안타까움을 느낀다.

소음은 듣기 괴롭고 아름다운 음악은 듣기 좋은 이유가 무엇일까? 아마도 어떤 규칙과 조화가 뇌를 즐겁게 하는 것이 아닐까 생각해본다. 생명에서도 마찬가지 비유를 들자면, 생명 자체가 규칙과 조화이기 때문에 그 조화가 깨진 것을 추하다고 여기는 것이 아닐까? 그래서 윤이 나는 혈색 좋은 피부와 고운 자태에서는 아름다움을 느끼고, 쇠락해가고 퇴색하고 생명을 잃어가는 모습에서는 추함을 느끼는 것이다. 그러나 생生과 사死를 통해 이루어지는 자연의 큰 섭리로 보자면 추한 것은 오히려 아름다움을 위해, 마치 애벌레가 고치 속에서 아름다운 나비로의 변태變態를 준비하고 있는 것처럼 새로운 삶을 위한 준비 단계인 것은 아닐까?

문득 불교 경전 《반야심경》의 "색즉시공 공즉시색色卽是空 空卽是色"이란 유명한 경구가 떠오른다. 실상 혹은 허상을 보고 감정에 집착하는 중생을 계도하는 불가의 가르침인데, 어떤 것이든 집착을 경계하라는 뜻일 것이다. 늙고 병드는 것도 우주와 생명의 질서 중 하나일 뿐이라고 생각하니 애써 초연하던 그 아름다운 환자가 더욱 기품 있게 추억되는 오늘이다.

기뻐서 혹은 슬퍼서 운다

교수실이 위치한 건물은 남향이고 2층인지라 낮이면 따스한 햇볕이 기분 좋게 내리쬔다. 옹기종기 창가에 모여 있는 꽃과 난이 고스란히 그 햇살을 맞으며 졸고 있는 것 같다. 같은 시간이면 이러한 따스한 햇살이 베란다에 비치는 걸 보면 우리 집도 아마 같은 방향인 듯싶다. 유난히 추웠던 겨울이 지나가고 있다. 이제 기지개를 켜고 바깥바람을 좀 쐬어야겠다.

진료실에 찾아온 노년의 환자 중에서 유난히 살찐 사람은 혈액검사를 해보면 영락없이 혈당과 콜레스테롤 수치가 다소 높게 나온다. 이유를 물어보면 추운 겨울 동안 움직이지 못했다고 한다. 운동

부족이 그 원인인 듯하다.

진료를 하다보면 기뻐서 우는 울음과 슬퍼서 우는 울음을 경험하게 된다. 며칠 전, 재발한 암의 항암치료로 병세가 호전되었는지 이야기하던 중 환자의 눈에 눈물이 그렁그렁 고였다. 손을 잡으면서 기운 내라고 한마디 격려해주었고, 환자는 조금 진정하며 진료실을 나섰다.

이번에는 수술 후 예상보다 병이 깊어 항암 약물치료를 해야 하는 중년의 여자 환자가 친정어머니와 같이 진료실로 들어섰다. 환자는 이혼하고 아이들을 키우기 위해 홀로 장사를 하면서 살림을 꾸려왔다고 했다. 어머니는 멀리 시골에 사는데 어떻게 딸 수발을 할지 고민하고 딸은 대책이 없어 울고말았다. 딱한 사정이다. 그래도 어머니께서 올라오셔서 당분간 도와주어야 할 것 같다고 말했다. 진료실에서 만나는 환자들의 안타까운 사연은 일일이 손에 꼽을 수 없을 정도로 많다.

남자는 울음이 아니라 비장한 침묵 속에서 작별인사를 하기도 한다. 진료를 맡았던 중년의 남자 환자는 병이 깊은데도 불구하고 항상 미소를 잃지 않아서 그 모습이 보기 좋았다. 그러다 평소와 마찬가지로 진료가 끝나고 진료실을 나서던 어느 날, 환자가 어떤 이유에서인지 '그동안 고마웠다'는 감사의 말 한마디를 남겼다. 그 말을 뒤로하고 환자는 소식이 없다.

반면에 수술 후 조직검사 결과가 좋게 나와 보조 항암 약물이나 방사선치료를 받지 않아도 되는 경우도 있다. 이런 소식을 전할 때면 환자와 가족은 기뻐하면서 안도의 눈물을 흘린다. 그러나 아무리 초기라도 정기적인 검진은 받는 것이 좋다.

슬픈 울음을 보이는 경우 내가 해줄 수 있는 일은 상대방의 어깨나 손을 잡아주면서 기운 내라고 건네는 따듯한 말 한마디가 고작이다. 그러면 환자는 울음을 그친다. 주치의인 나를 많이 신뢰하고 기대고 싶은 마음에 그러는 것이리라 생각한다. 학생 시절에 진료를 할 때는 지나친 감정이입을 해서는 안 된다고 배웠다. 하지만 같은 인간으로서, 마음으로부터 우러나오는 위로의 말과 행동은 병을 치료하는 데 많은 도움이 되고, 의사에게도 역시 도움이 된다고 생각한다.

진료실을 나서니 정해진 시간을 훌쩍 넘겼다. 오늘처럼 환자 한 명 한 명마다 최선을 다했다는 생각이 드는 날이면 몸은 피로해도 마음은 편하다. 그러다 문득, 슬픈 울음을 위로하는 주제넘은 의사가 된 것이 환자를 위한 것인지 나 자신을 위한 것이지 자문해보았다.

부끄러운 생각이 들었다. 행여 단테의 《신곡》에 나오는 것처럼, 연옥煉獄에서 죄를 정화하고 구원을 바라는 영혼이 의사로 환생하여 하느님께서 천국으로 가라는 기회를 주신 것이 아닐까 하는 생각마저 들었다.

최근 인기가 높은 드라마 〈내 딸 서영이〉가 막을 내렸다. 가족들의 소통과 화해를 통해 주인공이 자신을 용서하게 되는 감동적인 스토리였다. 유일하게 챙겨보는 주말 드라마였는데, 혼자 눈물을 흘리며 보기도 했다. 사랑하는 사람과 이별하거나 죽음을 경험하거나 중대한 시험에서 떨어지는 등 살아가다보면 크고 작은 장애물을 만나기 마련이다. 사람들은 그럴 때면 눈물을 흘린다. 울음은 육신의 정화작용이며 눈물에는 스트레스의 배설물이 들어 있다. 실컷 울고나면 후련해지는 이유가 여기에 있다. 유교문화권에 속하는 우리나라는 아직도 남자의 눈물에 대해 부정적인 평가를 할 때가 많지만, 눈물이 많은 나는 어찌보면 공감할 줄 알고 표현할 줄 아는 행복한 사람이라는 생각이 든다.

사랑아, 너는 이렇게 돌고 돌아

모두가 바쁘게 일하는 어느 화요일에 외국에서 열리는 학회에 가기 위해 인천공항 라운지에 앉아 있었다. 간단하게 점심을 먹고 커피를 마시며 무심코 아래층에 앉아 있는 사람들을 보았다. 한 무리의 수녀님들이 옹기종기 모여 앉아 아이스크림을 먹으며 마치 사춘기 소녀처럼 수다를 떨고 있었다. 아마도 단체로 성지순례를 가거나 다른 나라의 수녀원 방문을 앞둔 듯했는데, 다들 들떠 있는 모습이었다.

수녀님들의 단체여행 차림을 보니 전에 어디선가 본 기사가 생각났다. 지금은 고인이 된 소 알로이시오 신부가 세운 '부산소년의 집'이라는 보육원이 있다. 한국전쟁 이후 부모를 잃고, 집도 잃어오갈 곳 없는 아이들을 거두기 위해 세워진 곳이다. 이곳 출신의 성공한 한 사업가가 운영하는 여행사를 통해 보육원의 수녀님들은 매년 해외로 성지순례를 가게 되었다고 한다. 처음에는 사양하던 수녀님들도 나중에는 아이처럼 기뻐하며 그 호의를 기쁘게 받아들였다는 것이다. 기사를 읽으며 사랑도 순환하며 전해진다는 생각에 마음 한구석이 따뜻해졌던 기억이 난다.

사랑의 순환을 생각하니 언젠가 잡지에서 읽은 사연도 생각난다. 한 수녀님이 추운 겨울 자신이 돌보고 있던 죄수에게 두꺼운 내복을 선물했다. 그런데 다음에 면회를 가보니 추운 날씨에도 그 죄수는 수녀님이 선물한 내복을 입고 있지 않았다. 의아해서 이유를 물어보니 죄수는 자기보다 추위를 타는 다른 이에게 내복을 선물했다고 한다. 그 글을 읽고 주책없이 눈물이 났다. 사랑은 나눌수록 커지고 돌고 도는 것이구나 하는 생각이 다시금 들었기 때문이다. 아마도 그 사랑은 꼬리를 물며 더 많은 사람들에게 전해졌을 것이다.

진료가 다 끝나가는데 담당 간호사가 나를 꼭 보겠다는 환자가 있다고 했다. 진료기록을 보니 7년 전 서른 살의 젊은 나이에 대장암 수술을 받고 이제 완치되어 정기검진만 다니는 환자였다. 진료실 문을 열고 환자가 들어오는데 보기 좋게 군살이 빠지고 훨씬 미남이 되어 있었다. 옆에는 아리따운 아가씨가 같이 왔는데 곧 결혼할 신부였다. 예비 신랑의 건강 상태를 물으러 주치의를 찾아온 것이다. 진료를 마칠 무렵이라 매우 피곤했지만 정신을 바짝 차리고 성실하게 답해줬다. 재발 위험은 없으니 안심하라고, 아이도 낳을 수 있다고 말해주었다. 한참 이야기를 듣던 예비 신부가 울음을 터트렸다. 그간 너무 걱정한 모양인지 안도의 확신이 들자 참았던 울음이 한꺼번에 터진 듯했다. 인사하면서 다정하게 나가는 두 사람의 모습을 보니 마음이 흡족했다.

그 환자와 비슷한 시기에 입원한 30대 후반의 초등학교 여선생이 있었다. 8년 전 처녀 때 대장암 수술을 받았고 4년 전 재발하여 치료에 대해 많은 고민을 했다. 때마침 그 시기에 결혼 이야기가 나왔다. 현재 그녀의 남편이 된 예비 신랑은 암이 재발한 상태에다 아이도 갖기 어려운 그녀와 결혼을 강행했다. 다행히 환자는 재발한 암의 재수술과 항암치료가 잘되어 한동안 건강하게 지냈다. 그러다 갑자기 복통으로 입원했는데, 예전에 수술한 부위 근처에서 암이 또 재발한 것으로 나타났다. 모두 다 망연자실했다. 남편과 환자 본인이 있는 자리에서 검사 결과를 조심스럽게 알려주었다. 초등학교 교사로 밝게 살아가는 아름다운 젊은 여성에게 자꾸 이런 문제가 생겨서 안타까웠다. 그럼에도 다행인 것은 두 사람이 서로 의지하며 행복하게 지내고 있다는 점이다.

그때나 지금이나 부인에 대한 남편의 간호와 사랑은 변함이 없어서 회진을 할 때마다 남편을 칭찬해주었다. 앞서 이야기한 예비 부부도 그렇고 이 부부 역시 쉽지 않은 선택을 하고 어려운 결정 끝에 사랑의 결실을 맺은 사람들이다. 이들의 사랑은 아마도 서로 순환하며 더 굳건한 애정과 믿음을 키워갈 것이라 믿는다.

병원에 젊은 전임의가 있다. 그에게 약 10개월 전 아내가 둘째를 가졌다는 소식을 들었다. 그런데 안타깝게도 부부는 아이에게 심각한 선천성 기형이 있다는 사실을 알게 되었다. 그러나 아이를 포기하지 않았고 결국 무사히 아이를 출산하였다. 다행히 산모는 건강했으나 아이는 예상한 대로 기형이 심각해 중환자실에서 치료를 받게 되었다. 부부는 날마다 아이의 상태를 염려하며 기약 없는 나날을 견디고 있다. 혹자는 왜 아이를 포기하지 않고 모두가 고생스러운 길을 택했는지 이해가 가지 않는다고도 했다. 그러나 부부는 그들이 가장 우선시 여기는 가치에 따라 생명을 지키는 선택을 한 것이다. 이러한 고통을 감수하는 것이 어떤 의미가 있을까 의아해 하는 사람들이 있을지도 모르겠지만 나는 그들의 사랑 역시 더 큰 사랑으로 순환하리라 믿는다.

인간은 누구나 미래를 예측할 수 있기를 바란다. 그러나 누구도

다가오는 미래를 알 수 없다. 불안감을 안고 예측할 수 없는 미래를 누군가와 함께 기꺼이 선택하는 것은 커다란 희생과 사랑을 요구한다. 그 선택은 결코 쉽지 않은 결정으로 앞으로 생길 수 있는 불투명한 부분을 같이 감수하겠다는 의지이기도 하다. 이는 서로 무수한 교감을 통해 만들어진 확고한 믿음이 있어야 가능한 일이다. 이렇게 각자의 마음에 각인된 사랑은 인생을 살아가는 데 힘을 주는 원천이자 인간답고 고귀한 인생으로 가는 다리 역할을 할 것이라 생각한다.

지기스문트 노이콤의 〈아베마리아〉 연주를 처음 듣던 순간이 기억난다. 간단한 리듬의 반복인데도 멜로디가 너무나 아름답게 느껴졌다. 도입부에 반복된 주제를 바이올린과 피아노가 대화하듯 시작하다가 이어서 플루트, 첼로가 똑같은 주제로 서로 이야기하듯이 주고받으면서 진행되는 것이 무척 듣기 좋았다. 아마도 악기끼리 교감한 결과라고 생각했다.

최근 훌륭한 독지가의 후원금으로 어려운 처지의 환자들이 치료를 받고 감사의 편지와 사진을 보냈다는 소식을 들었다. 나도 그 독지가에게 이렇게 감사한 마음이 드는데 도움을 받은 환자와 가족의 마음은 어땠을까? 일면식 없는 타인에게 관심을 갖고 교감하려는 태도는 사랑이라는 표현만으로는 부족하지 않나 싶다. 비단 그 독지가뿐만 아니라 우리 주위에서 이웃을 위해 희생하고 고통을 감수하며 먼저 사랑의 마음을 건네는 모두가 이 세상을 아름답게 만드는 주인공일 것이다.

사랑은 고통과 책임이 따라야 더욱 빛나고 아름다워진다. 마치 프리즘을 통과한 하얀빛이 일곱 가지의 아름다운 무지개 색깔로 변하는 것과 같다. 우리 눈이 프리즘 없이는 하얀빛에서 아름다운 무지개를 찾을 수 없듯이 고통과 책임이라는 프리즘 없이 아름답고 진정한 사랑의 빛깔을 찾아내기란 어렵다. 아마도 진료실을 찾은 젊은 연인은 각자의 프리즘을 통해 인생에서 가장 아름다운 가치를 발견하고 지켜나갈 것이라 확신한다. 프리즘 저편에서 이편으로 계속 아름다운 사랑을 전할 것이다.

마지막이 편안하게 기억되는 사람

지난주 약 5년간 대장암으로 투병하던 변호사 환자가 먼 길을 떠났다는 연락을 받았다. 죽음이란 단어를 통해 진정한 삶에 대한 시각을 갖게 되었다고 말했던 환자여서 유난히 기억에 남는다.

직업이 직업인지라 일하다보면 환자의 임종을 접하는 일이 다반사다. 손쓸 수 없을 만큼 암이 진행되었거나 수술 후 합병증으로 세상을 떠나는 경우인데, 앞서 말한 환자처럼 인상 깊은 사람이 몇 있다.

그중에서도 몇 년 전 인연을 맺었던 할아버지 한 분이 뇌리에 남아 있다. 진료실에서 뵐 때마다 항상 겸손한 모습에, 본인이 자식들에게 폐를 끼치고 있다고 입버릇처럼 이야기하던 고운 마음을 가진

분이었다. 병이 악화되어 돌아가신 모습을 뵈었는데, 그야말로 잠자는 듯 평안한 모습이었다. 가족들은 몹시 슬퍼했지만 본인은 지상에서의 고단한 삶을 내려놓고 편안히 쉬는 듯 보였다.

살아 있는 모든 것은 죽음을 향해 달려가기 마련이고 그럼으로써 자연은 새로운 창조를 이어간다. 밀알이 땅에 떨어져 썩으면 새싹이 나는 것처럼, 낙엽이 대지에 떨어져 썩으면 나무의 거름이 되는 것처럼, 생과 사는 당연한 자연의 이치인 것이다.

물론 죽음을 받아들이는 것이 성인의 경지에 도달한 사람도 있다. 교황 요한 바오로 2세는 "나는 행복합니다. 여러분들도 행복하십시오"라는 유언을 남겼고, 평소 유난히 난을 사랑했던 퇴계 이황 선생은 임종이 가까워 자리를 지키고 있는 제자들에게 난에다 물을 주라고 지시하고는 바로 돌아가셨다고 한다. 화담 서경덕 선생도 제자들이 남길 말이 있으시냐 여쭈었더니 "내가 이제 삶과 죽음의 이치를 터득하였는데 무슨 할 말이 있으랴" 하면서 바로 돌아가셨다고 전해진다. 이런 성인의 경지에 오른 분들을 보면 인간이 얼마나 존엄과 품위를 갖고 임종을 맞이해야 하는가를 다시 한번 느끼게 된다.

몇 해 전 내가 소속된 한 학회에서 암 환자의 치료와 죽음에 관한 세미나를 가졌는데, '웰 다잉well dying'에 대한 많은 철학적·신학적 의견이 발표되었다. 최근 들어서는 무의미한 연명치료를 거부하는 환자에게 미리 동의서를 받아놓는다거나 가능성이 없는 환자의 심폐소생술을 환자 가족이 거부하는 사례도 늘고 있다. 또한 병원이 아닌 집에서 죽음을 맞이하며 가족과 작별의 시간을 충분히 갖는 '홈 다잉Home Dying' 역시 확산되고 있다. 죽음에 대한 일반인들의 인식이 변화되고 있는 것이다. 이런 가운데 사후의 시체 기증을 미리 약속하는 분도 간혹 있는데, 그럴 때면 절차를 소개하면서도 그 고귀한 뜻에 머리가 숙여지곤 한다. 살아 있는 모든 생명은 세상 무엇과도 바꿀 수 없을 만큼 소중하고 고귀하다. 그렇기 때문에 그 자연적인 귀결歸結을 본인이 선택하고, 또한 품위 있게 마감하는 것 역시 무엇보다 중요하다고 하겠다.

우리 인생을 사계절에 빗대어 생각해보면, 황혼을 향해 가는 인생은 가을을 맞이했다고 할 수 있겠다. 나 역시 자연스럽게 가을을 맞이하며 주변의 많은 것을 정리해가고 또 겨울을 나기 위해 준비하고 있다. 분에 넘치는 의욕과 주위 사람에게 피해를 주는 지나친 욕심을 경계하는 한편, 주변 사람에게 관심과 애정을 가지고 도움이 되는 방향으로 살아가고자 노력하고 있다. 특히 살아 있는 기쁨을 느끼고 주변을 사랑하며 하루하루 살아가는 것과 한 끼의 식사에 감

사하고 잘 먹는 것의 중요함을 이제와 새삼 깨닫고 있는 중이다.

지난주 일 년 만에 귀국한 처제 가족에게 아주 오래된 책 한 권을 선물 받았다. 의외였다. 으레 특산물이나 과자, 넥타이 정도의 가벼운 선물이 보통인데, 책을 좋아하는 형부의 뜻을 잘 헤아려 전공과 전혀 관계없는 셰익스피어의 《오셀로》 1903년 인쇄판을 선물한 것이다. 비싼 책은 아니지만 그만큼 나를 생각하고 준비했을 그 정성에 책을 볼 때마다 마음이 따뜻해진다.

몇 주 전 학술세미나에서 커피를 준비해준 타 학교 후배 교수도 마찬가지였다. 뚜껑에 묻은 커피를 조심스레 닦아주던 모습을 생각하면 존경의 표시로 대접을 잘해준 느낌이 들어 입가에 미소가 지어진다. 사소한 것이지만 외래에서 환자 진료를 도와주던 간호사 선생이 바쁜 와중에 건넨 진심 어린 따듯한 말 한마디도 작은 기쁨이 되어 하루가 행복하다. 이런 소소한 일상의 기쁨 속에서 나 역시 다른 사람에게 행복을 주는 사람이 되어야겠다고 다짐해본다.

잠시 멈추면 보이는 것들

아침저녁으로 선선한 바람이 분다. 일교차가 심해진 것을 보니 어르신들이 감기를 조심해야 할 계절이 왔나보다. 시끄럽던 앞산의 매미 소리도 그친 지 오래고, 유리창 너머로 보이는 한낮의 하늘도 청명하다. 구름이 높은 것을 보니 확실히 가을이 가까이 다가왔음을 느낀다.

며칠 전 바삐 병원 복도를 지나고 있는데, 앞서 가는 젊은 엄마의 굵은 손목이 눈에 띄었다. 오른손에는 큰 여행가방을 왼손에는 무거워 보이는 손가방과 함께 아이를 안고 빠른 걸음으로 씩씩하게 걸어가고 있었다. 잠시 뒤를 따라가며 아마도 아이 때문에 어린

이병동에 입원하러 가는 길이겠거니 짐작했다. 꿈 많은 처녀시절, 긴 머리에 가벼운 가방과 책을 들고 캠퍼스를 누볐을 그녀가 결혼과 아이 때문에 펑퍼짐하고 힘센 아줌마의 모습으로 변했겠다는 생각이 들었다. 인생은 참 살아봐야 아는 것이고, 그러니 그저 하루를 성실하게 사는 것이 최선이리라. 아이가 건강을 빨리 되찾아 엄마의 얼굴에도 환한 웃음이 배어나오길 잠시 멈춰 서서 기도했다.

서점에서 《멈추면, 비로소 보이는 것들》이라는 제목의 책을 본 적이 있다. 바쁘게 돌아가는 진료실 일정에서도 잠깐만 멈추면 많은 것들이 눈에 보인다.

손을 꼭 잡고서 젊은 남녀가 진료실로 들어섰다. 알고 보니 결혼한 지 3개월 된 주말부부였는데, 부인이 직장암 진단을 받아 온 것이다. 가족력은 전혀 없이 겨우 서른 살에 발병한 환자는 약간 진행된 직장암이라서 방사선 및 항암치료가 선행되어야 했다. 난소 위치를 방사선치료 범위에 들어가지 않도록 이동시키고 이후 방사선 항암 약물치료에 들어가기로 했다. 이는 수술 후 회복했을 때 불임이 되지 않도록 하는 배려로 환자나 가족이 먼저 요청하지 않아도 의료진이 알아서 그렇게 하고 있다. 천천히 설명하는 가운데 환자와 보호자가 차분하게 병을 받아들이고 치료를 준비하려는 자세가 보여 과거에 치료받은 환자 중 완쾌된 환자의 사례를 들려주었다.

똑같이 직장암 진단을 받고 수술 및 항암 약물치료 후에 현재는 잘 지내는 여대생 환자부터 수술 후 방사선치료를 권했으나 거절하고 주기적으로 검사를 받고 있는 씩씩한 전문직 여성, 그리고 결혼 초에 발병한 직장암으로 수술하고서 방사선치료를 권유했으나 용감히 거절한 여자 환자까지. 그녀는 현재 아이도 잘 낳았고 완쾌되어 건강하게 살아가고 있는 주부이기도 하다며 젊은 여자 환자에게 희망을 주었다. 신랑 손을 잡고 울기만 하는 신부가 가여웠으나 부부의 사랑으로 잘 이겨내리라 믿는다.

진료실을 방문한 서른 살의 젊은 청년은 초보 신랑이었다. 10개월 된 아이 아버지였는데 대장암에 걸린 것이다. 복부 전산화단층촬영으로 봤을 때 대동맥 주변 림프절이 많이 커져 있어 전이를 걱정하는 상태였다. 결국 대장암과 같이 광범위 림프절 절제술을 시행했다. 최종 병리 결과는 림프절 전이가 없는 2기암으로 판명되어 한숨 놓았다. 회진 중 결과를 알려주니 환자와 환자를 간병하던 아버지가 환하게 웃는다. 환자는 병리 결과를 목이 빠져라 기다린다. 그 마음을 알기에 좋은 소식은 일찍 알려주고 좋지 않은 결과는 환자가 받아들일 준비가 되었을 때 전한다. 그 젊은 아빠는 예후가 좋을 것으로 확신한다.

최근에는 가까운 지인이 맹장이 터져 응급실로 왔다. 서둘러 진단을 위해 CT를 찍었는데, 전임의가 와서 신장에서 혹이 발견되었고 암일지도 모른다고 전했다. 순간 나 또한 당황했다. 우선 급한 맹장염을 먼저 수술했다. 그리고 퇴원 일주일 후 지인에게 어렵게 신장에 있는 혹에 대한 이야기를 전하고 치료와 관련해 상담을 하자고 권유했다. 그 뒤 환자는 한쪽 신장의 절제술을 시행받았고, 잘 회복되어 퇴원했다. 후에 맹장염으로 급박하게 돌아가는 상황에서 신장암 이야기까지 전해 들었다면 본인이 아주 힘들었을 거라며 의료진의 배려에 감사하다고 했다.

병원에 있다보니 모두가 이웃으로 생각된다. 조금만 마음을 써서 행동하면 누구나 작은 배려를 할 수 있고, 특히 그 작은 마음 씀씀이가 환자나 가족에게는 아주 큰 힘과 용기가 될 때가 있다.

세상을 떠난 초로의 신사가 기억난다. 이미 암이 간으로 많이 퍼진 상태여서 증상의 완화만을 위한 항암치료에 의존해야 하는 상황이었다. 하지만 직접적으로 심각한 병의 상태나 나쁜 예후를 이야기하지 않았다. 그저 치료를 열심히 받으면 좋아질 수 있다고만 했다. 몇 주 뒤 환자의 아들이 찾아와서 너무 고맙다며 인사했다. 이유를 물으니 아버지가 진찰을 받은 후에 마음을 편히 갖고 치료를 잘 받고 있다는 것이다. 환자의 입장에서 이해하고 배려하려는 내 마음이 전해져 환자에게 많은 용기와 마음의 평화를 주었나보다. 말 한마디, 눈빛, 행동 등 의료인의 모든 것이 환자에게는 큰 영향을 주는 것 같다.

작은 배려와 마음가짐을 예비 의사들에게도 가르쳐주려고 노력하고 있다. 의사라는 직업은 고상하지는 않지만 숭고한 직업임에 틀림없다. 그렇기 때문에 몸도 마음도 이에 걸맞게 행동하도록 끊임없이 학생들에게 교육하고 있다. 바쁠 때는 보이지 않던 것들이 잠시 멈추고 침묵하면 하나둘 보인다. 그중에 배려라는 덕목이 있다. 더불어 살아가는 인간관계에서 언제나 일방적인 우위란 있을 수 없다. 어떤 관계에서는 갑이어도 다른 관계에서는 을이 되기도 한다. 그렇기에 상대방을 배려한다면 우리가 사는 세상은 더욱 행복하고 따듯해질 것이라 믿는다.

2

천국으로 가는 두 가지 질문

천국으로 가기 전에 사람은 두 가지 질문을 받는다고 한다.
첫째, 인생에서 기쁨을 찾았는가?
둘째, 당신의 인생이 다른 사람을 기쁘게 해주었는가?

— 영화 〈버킷리스트〉 중에서

의사가 가져야 할 마음과 태도

수술 후 회진을 할 때는 환자의 가슴에 청진기를 대보고 깊은 숨을 들이쉬고 내쉬라고 한다. 이때 환자의 호흡과 심장 소리를 듣고 또 손을 잡고 맥을 짚어보곤 한다. 요즈음에는 환자를 진단하고 진찰하는 과정에서 거의 영상이나 혈액검사에 의존하다보니 환자의 몸에 직접 손을 대는 일이 적어진 편이다. 덧붙여 의사들은 환자와 보호자에게 불필요한 말은 가급적 안 하려고 하고, 영상의학과의사가 판독한 소견을 알려주는 수준에서 치료 계획 등을 이야기하는 것이 일반적이다. 그런 의미에서 나 같은 외과의사가 회진할 때 청진기를 가지고 다니면서 가슴과 배를 청진하는 것은 흔치 않은 일이다. 그러나 내게 환자를 직접 진찰하는 시간은 상대를 살아 있는 생명체이자 인격체로 인식하기 위한 하나의 의식과도 같다. 쿵쿵 뛰는 심장 소리와 호흡음은 생명의 신호이다. 호흡을 통해 산소가 들어와 피가 돌고, 피가 조직에 산소를 보내서 각 기관이 제 기능을 한다. 이런 과정을 직접 느끼는 나만의 이 의식은 생명에 대한 경외심을 잃지 않기 위해 나날이 행하는 중요한 예식이다.

우리 몸은 정교한 기계와 같아서 조금만 이상이 생겨도 일상적인 삶이 불편해진다. 이러한 이상을 바로잡아주는 곳이 바로 병원이다. 더불어 병원은 환자의 심적인 부분까지 살펴야 한다.

그런데 근래 두 명의 여성이 울어버렸고, 한 가족이 치료를 포기하게 된 일이 있었다.

외래에서 암이 진단된 환자에게 정밀검사 결과를 알릴 때면 다양한 반응을 볼 수 있다. 보통은 결과를 쉽게 받아들이지 못하고 눈물만 흘리는 경우가 많다. 오래전 신장이식을 받은 한 여성은 직장암 진단을 받고 수술 전 정밀진단 결과 간 전이가 의심되었다. 상황을 설명하자마자 환자는 말없이 눈물을 흘렸고 보호자와 함께 황급히 진료실을 빠져나갔다. 추가 검사 때문에 연락을 해봐도 소식이 두절되어버렸다.

지방에서 치과를 운영하는 남자 환자에게는 약 6주간 방사선과 약물치료를 받고 수술하는 것이 좋겠다고 설명했더니 옆에 있던 부인이 울음을 터뜨렸다. 환자는 병원을 오래 비워놓기도 어렵고 서울에서 통원 치료할 상황도 못 되어 그저 망연자실이었다. 하루빨리 치료를 서둘러야 하는 상태라 약간의 위험을 감수하고 수술을 먼저 진행하기로 했다. 수술 날짜를 잡고 모두 마음을 진정한 다음에야 진료를 마칠 수 있었다.

거동이 불편한 노인 환자 한 사람은 직장암 진단을 받았다. 보호자와 치료에 대해 의논하면서 수술 전 항암 약물치료를 먼저 받으라고 했더니 이런저런 질문을 했다. 바쁜 외래 진료였지만 성실히 대답해주었다. 그 후에 후속 진료 예약을 하지 않아 알아봤더니 어떤 치료도 안 받겠다며 그냥 돌아갔다고 한다. 나중에 들은 이야기지만 가족들이 부친을 모시고 통원치료를 다닐 대책이 서지 않아 치료를 포기했다고 한다. 바로 수술을 받으라고 말할걸 그랬나 하고 잠시 후회도 들었지만, 되도록 좋은 결과를 얻기 위해서는 그것이 최선이라 어쩔 수 없었다. 그렇다고 해도 환자의 상태를 설명할 때는 단지 의학적인 차원의 치료 방법만을 설명하는 것이 능사는 아닌 것 같다. 환자와 보호자의 입장을 이해하고 그들의 상황에 맞는 다른 방법도 제시해주는 것이 진정 의사로서 해야 할 일이 아닌가 생각한다.

안경다리가 휘고 안경알이 느슨해져 주말에 집 근처 안경점을

찾은 적이 있다. 마침 젊은 직원이 혼자 있었다. 사정을 설명하니 안경알을 잡아주는 테만 나사로 조이고 휘어 있던 다리 부분은 손을 대지 않았다. 사례를 할 테니 이 부분도 교정할 수 없겠냐고 물었더니 다리를 펴다가 부러지면 책임을 질 수 없다면서 안경을 구입한 곳에 가서 부탁하라고 했다. 조금은 머쓱해져 안경점을 나와 집으로 걸어가는 길에 이왕 이렇게 된 마당에 부러지면 다른 것을 사자는 심정으로 휘어 있던 안경다리를 조금 굽혀보았다. 예상외로 휘어진 테는 원래대로 자리를 잡아 딱 맞게 안경을 쓸 수 있었다. 안경점에서 조금 더 섬세하게 내 부탁을 듣고 시도라도 해줬으면 어땠을까 하는 생각이 들었다. 그러면 나중에 거기에서 안경을 맞추거나 다른 사람에게 소개했을지도 모른다.

앞서 언급한 두 환자나 보호자는 믿었던 의사에게 충분한 친절을 경험했을까? 솔직히 의심스럽고 그분들에게 죄송스럽기만 하다. 환자가 적절한 치료를 못 받으면 어쩌나 걱정도 앞선다. 혹시나 그들이 불편한 기분으로 병원을 떠난 것은 아닌가 하는 걱정과 함께 환자를 위해 정성을 다하고 친절한 태도를 잃지 않기 위해서는 어떻게 해야 하나 끊임없이 고민하게 된다.

몇 주 전 수술을 받은 시골에서 온 어르신이 생각난다. 암 판정을 받고 수원에 사는 딸의 집에서 지내며 수술 전 방사선치료를 받던 환자다. 효심이 지극한 딸은 매일 대중교통을 이용해 동행했다. 딸은 방사선치료가 끝나고 면담을 하면서 아버지가 식사도 잘 안 하시고 담배만 피우신다며 걱정스럽게 말했다. 환자와 이런저런 이야기를 나눠보니 아내가 있는 집을 떠나 딸이 사는 낯선 지역으로 와서 병을 치료하는 스스로의 처지를 처량하고 불쌍하게 생각하는 것 같았다. 환자는 검게 그을린 투박한 손을 들어 흐르는 눈물을 닦았다. 옆에서는 딸도 울고 있었다. 나는 치료가 잘될 테니 걱정하지 말라고 안심시켰다.

내가 학생들에게 자주 하는 말이 있다.

"여러분이 앞으로 돌봐야 할 사람 중에는 아마도 여러분보다 배움이 부족하고 경제적으로 어려운 사람들이 많을 것이다. 마주치는 환자 중 70% 이상은 이런 경우일 것이다. 이런 환자들을 따뜻하게 대하고 위로한다면 여러분이 먼저 행복해질 것이다."

수술실에서 나와 엘리베이터를 타고 이동하면서 우연히 어린 환자와 마주쳤다. 열 살 남짓 되어 보이는 아이는 막 수술실에서 나와 이동침대에 실려 병실로 돌아가던 중이었다. 아직 마취가 덜 깨 얼굴이 한창 부은 상태로 엄마를 찾고 있는 모습을 보니 참으로 안타까웠다. 엄마의 마음은 얼마나 아플까. 당연한 이야기지만, 마음속 깊이 친절한 마음을 깨우는 동기는 이렇게 상대방의 상황을 내 일처럼 안타깝게 생각하고 마음 아파하는 것에서부터 출발하는 게 아닐까. 요즈음 외과실습을 도는 의과대학 학생들에게 병실의 허드렛일을 경험하는 교육을 시작했는데, 학생들이 여기서 또 얼마나 많은 것을 느끼게 될지 자못 궁금해진다.

작은 소리라도 들어줄 수 있다면

지난주 수술한 환자들은 수술 범위가 크거나 수술과 관련된 후유증이 우려되어 줄줄이 중환자실로 들어갔다. 그런 가운데 수석 전공의는 신혼여행을 떠났고 전임의들과 같이 환자를 보고 있는 중이었다. 그날도 늦게까지 수술을 끝내고 피곤한 상태에서 회진을 도는데 전임의가 응급 협의진료가 요청되었다고 보고했다. 요즈음은 응급 수술의 협의진료는 거의 발생하지 않는 상황인데, 사연인즉 환자가 나를 꼭 보고 싶다고 한다는 게 아닌가. 알고 보니 약 5년간 대장암 투병으로 가끔씩 외래에서 진찰받던 환자였다. 저녁 늦게 환자의 병실을 찾으니 가족 몇이 걱정스런 눈빛으로 환자 옆을 지키고 있었다. 환자는 많이 말랐으나 배는 불러 있었고 통증을 간간이 호소했다. 몸에는 여러 가지 모니터링 장비가 달려 있었는데, 모니터를 통해 혈압과 맥박을 보여주는 숫자가 눈에 들어왔다. 내과 주치의는 암이 배 안에 다 퍼진 채 복막염이 발생한 상황이라 더 이상 손쓸 방법이 없다고 했다. 환자에게 심정지가 발생해도 아무런 조치를 안 할 것이라는 다짐을 보호자에게도 받아놓은 상황이었다. 그런 상황에서 환자가 죽기 전에 나를 보고 싶어 했고, 어떤 방법이 없는지 내과 주치의에게 부탁했다고 했다. 환자의 치료 경과와 검사를 꼼꼼히 살펴보았다. 암이 재발한 상태지만 복막에 암이 퍼진 소견은 관찰되지 않은 것 같았다. 또한 한 달 전까지만 해도 환자의 상태가 양호했던 사실도 알게 되었다. 재발된 암이 소장에 붙은 채 진행되어 소장에 구멍이 나고 복막염이 진행된 것으로 판단했다. 바로 주치의에게 전화하여 내 의견을 전달하고 다음 날 아침 수술하기로 결정했다. 예상은 적중하여 환자의 천공된 소장을 절제한 후 복강 내 세척을 하고 수술을 끝냈다. 현재 환자는 병실에서 식사도 하면서 다시 예전의 밝은 모습으로 돌아가고 있다. 환자에게 그때 왜 나를 찾았느냐고 물었다. 이제 죽는다고 하고 다른 방법이 없다기에 마지막으로 선생님의 얼굴을 보고 의견을 한번 듣고 싶었다고 했다. 병실 문을 나서며 삶과 죽음은 하늘과 땅만큼이나 큰 차이임을 다시 한번 느꼈다. 그러니 환자에게 단 몇 달일지라도 그 삶은 얼마나 소중할 것인가!

의사라면 누구나 진정한 의료진의 역할을 제대로 수행하고 싶어 한다. 하지만 바쁜 가운데 그 역할을 잘 해내기란 매우 힘들다. 새삼 작은 소리도 잘 들을 수 있는 귀를 가져야겠다고 다짐해본다. 이렇게 작은 것에 반응할 수 있는 능력은 아마도 겸손하게 자신을 낮추는 이에게만 가능한 것이 아닌가 생각한다. 우리 곁에는 많이 아파도 아프다 말하지 못하고, 외로움에 사무쳐도 외롭다 말하지 못하는 사람들이 많다. 이 문제를 극복하는 방법은 주변을 자세히 살피고 귀 기울이는 것뿐일 것이다.

고개를 들어 먼 산을 올려보니 이제 제법 가을이 코앞으로 다가온 것 같다. 앞산의 나뭇잎은 옷을 갈아입을 것이다. 저녁 즈음에는 풀벌레 소리도 들려올 것이다. 풀벌레 우는 소리를 감상하며 작은 소리를 듣는 훈련을 하고 싶다.

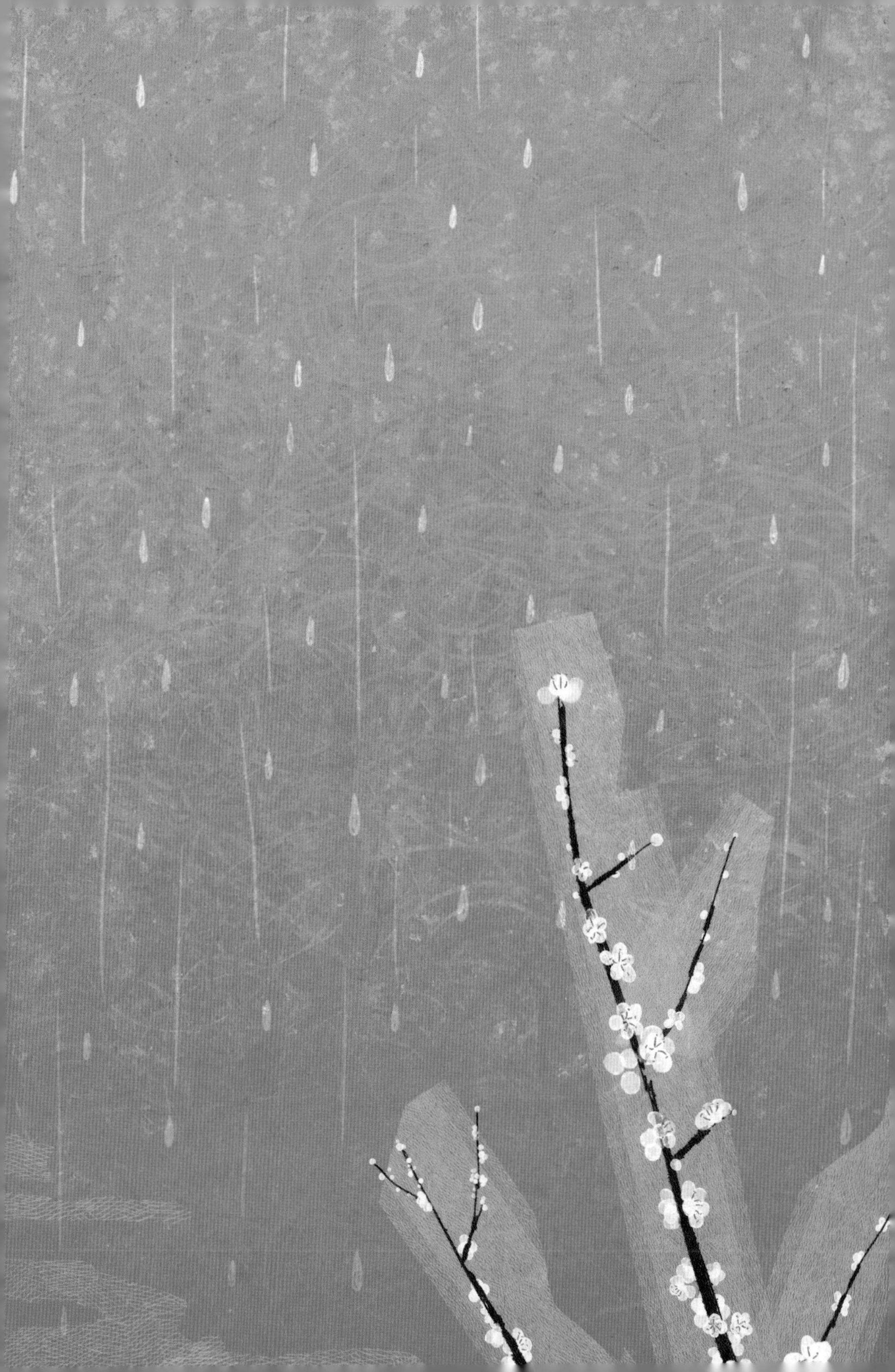

걱정인형

대장암으로 장폐색이 발생한 가여운 아주머니가 기억난다. 늦둥이 아들이 있는 환자의 가족들은 어떻게든 환자의 생명을 연장하기 위해 치료 방법을 찾고자 나와 여러 번 상담했지만 뚜렷한 방법이 없었다. 그저 증상을 완화하기 위한 치료로 벌써 3개월간 병원에 입원하고 있는 딱한 상태였다. 방문할 때마다 환자는 침대에 누워 힘없이 웃음을 보였다. 안타까워하는 가족들의 모습은 나를 인턴 시절로 돌아가게 만들었다.

당시 간단한 시술을 위해 환자를 가끔 찾았는데, 신경외과 병실 안 환자의 침대 옆 좁은 공간에 성모상이 있었다. 어린 딸이 어머니가 빨리 회복하기를 기도하는 작은 제단이었고 간절하게 기도하던 모습이 기억난다. 그때 그 환자가 잘 회복되었는지는 모르겠다. 외과의사는 수술 후 회복에 대해 주로 관찰하는데, 수술이 잘되었을 경우 특별한 합병증이 없으면 이후 경과를 잘 모르는 경우가 종종 있다. 반면 내과의사는 환자의 힘든 상황이나 어려운 부분을 감당하는 경우가 많은 것 같다. 그리고 환자의 가족들도 내과선생을 많이 의존하는 것 같다. 하지만 외과의사, 특히 암 환자를 주로 진료하는 의사라면 재발 때문에 고통받는 환자와 가족들을 마주보고 앞으로의 치료 방향에 대해 함께 고민하는 태도가 바람직하지 않은가 생각해본다.

현대의학으로 고칠 수 없는 상태라도 환자와 가족들은 주치의와 대화하고 위로받기를 원하는 것 같다. 병원에서 일하는 의사는 비슷한 병증의 환자를 많이 접하기 마련이라 이러한 상황에 둔감하기 쉽다.

한 일간지에서 본 어떤 주부의 자살 소식은 보는 사람을 안타깝게 만들었다. 본인의 지병과 치매 걸린 시어머니 수발, 뇌성마비 아들, 남편의 사업 실패로 인한 가계의 어려움 등이 그 원인이었다. 인간이 스스로 극복할 수 없는 어려움에 처하면 극단의 선택도 할 수 있음을 단면적으로 보여주는 사건이다. 민간단체나 종교기관에서도 도움을 주었을지 모르지만, 사회나 국가에서 이런 환경에 처한 사람을 찾아내 적극적으로 도왔으면 한다. 사회적 약자, 원인이 확실치 않은 중병에 걸려 힘든 삶을 유지하는 환자를 볼 때면 어떤 시각으로 이들을 보아야 할지, 어떤 도움을 줄 수 있을지 고민에 빠지게 된다.

최근 집사람이 다시 활발하게 뜨개질을 하면서 하나둘 인형을 만들기 시작하더니 어느새 할아버지, 할머니 등 대가족과 강아지까지 생겨났다. 아내는 아이들 것까지 만들어주고 나서 내가 부탁한 자그마한 곰 인형도 뚝딱 만들어냈다. 이런 집사람을 보면 '참 신기한 기술을 가졌다' 하는 생각에 놀라곤 한다.

어느 날 안방에서 보니 인형 대가족이 색색의 옷을 입고 나를 바라보고 있었다. 만들면서 많이 힘들지 않았을까 생각해보지만 집사람은 별로 그런 기색이 없다. 단지 만드는 것 자체가 좋아서 기쁜 마음으로 한 것같이 보인다. 내 몫으로 만들어준 인형은 책상 위에 올려놓았고, 딸아이와 아들은 각자 자신을 닮은 인형을 침대 옆에 두고 잔다. 문득 인형을 보다가 언젠가 광고에서 본 '걱정인형'이 생각났다. 과테말라에서 오래전부터 전해온다는 이 인형은 아이가 걱정이나 공포로 잠들지 못할 때 부모가 이 인형을 보여주면 아이는 거기에 대고 고민을 말하고, 이후 부모가 인형을 치우면서 "네 걱정은 인형이 가져갔단다" 하고 말한 데서 유래된 것이다. 아내가 만들

어준 곰 인형이 내 걱정을 잘 알고 있는 것처럼 느껴졌다. 몇 주 뒤에 나는 이 인형을 감기로 혼이 난 어머니께 넘겨드렸다. 워낙 걱정이 많으신 분이라 인형이 어머니 걱정을 대신 맡아줬으면 하는 마음에서였다.

인간은 살아가면서 누구나 시련과 고통을 겪는다. 다만 우리에게 주어지는 고통이 너무 가혹한 고통은 아니기를, 인간의 존엄성만큼은 유지시킬 수 있는 고통이기를 기도해본다.

가장 밝은 곳에서 헤어짐을 노래하게 하소서

한참 병이 진행되어 치료가 난감한 환자를 만나는 경우가 종종 있다. 시한부라 일컫는 환자들이다. 그럴 때면 남은 시간에 대한 이야기는 차마 하지 못하고 말을 빙빙 돌려가며 진료실 안 시간이 흐르기만 바란다.

꽃다운 나이에 암으로 고통받는 젊은 여성부터, 부양할 가족이 많은 한 집안의 가장까지 일일이 나열하기 힘들 정도로 안타까운 사례가 많다. 나 역시 이러한 상황이 힘들지만 의사이기 때문에 감내해야 할 몫으로 받아들이고 있다. 그래도 희망적인 것은 암 조기 진단율이 높아졌고, 치료법이 개선되거나 새로운 치료제가 개발되는 등 암을 치료하는 환경이 꾸준히 나아지고 있으며 그로 인해 암 환자의 생존율이 크게 향상되었다는 점이다.

대장암 재발로 5년 넘게 투병하고 있는 50대 후반의 환자가 진료실로 들어왔다. 병원에 오랫동안 다니고 있어서 환자의 상태는 잘 알고 있다. 어떤 항암제도 듣지 않고 수술도 할 수 없는 상황이어서 그저 지켜보기만 하는 중인데, 최근 항문이 아프고 자주 변의를 느낀다며 찾아온 것이다. 환자의 부인은 언제나처럼 다소곳이 뒤쪽에 앉아 고개를 숙이고 있었다. 올해 6월에 검사한 CT 소견과 3개월 뒤 찍은 소견을 비교해보니 간으로 전이가 많이 진행되었고, 골반에 재발한 암 또한 많이 진행되어 증상이 나타나기 시작한 것이다. 어렵사리 "조금 더 진행이 되었습니다"라고 전했다. 환자의 생生이 얼마 남지 않았다는 생각이 들었으나 차마 그런 이야기는 못하고 단지 몸조리 잘하라고만 전했다. 특별한 처방 대신 증상을 완화시키는 대증 치료에 대한 이야기도 꺼냈다. 몸이 괜찮은지 몇 번 물으니 골프도 칠 정도로 좋다고 했다. 더 이상의 이야기는 도움이 될 것 같지 않아서 잠시 침묵했다. 어색한 침묵의 찰나 언젠가 읽었던 《나는 넘버 쓰리가 두렵다》라는 책이 생각났다. 더 이상의 언어는 도움이 되지 않는다는 것을 직감적으로 깨달았다.

책의 저자인 최강 신부는 시한부의 삶을 살고 있는 노신부님과의 만남에서 "먼 여행을 떠나려는 사람 앞에서 무슨 말이 특별히 필요하겠는가. 당신은 무슨 말을 할 수 있겠는가. 잘 가라고? 잘 가라는 인사는 결국 잘 오라는 뜻이 내포된 말이 아니었던가. 그 말은 결코 다시 오지 않을 사람에게는 어울리지 않는다. 그러기에 우리가 할 수 있는 일은 침묵뿐이다. 침묵 속에서 그와 함께 있는 일뿐이다. 너무나 귀한 시간이라서 차라리 거룩한 침묵 속에서 함께 존재한다는 것 자체를 느끼는 데 온 정신을 몰입하면서 보내는 것이 옳다. 이때 언어는 방해만 될 뿐이다. 만약 당신이 너무 사랑하는 사람이 있다면 아무 말없이 그의 옆에 서서 함께 있음을 느껴보라. 그 함께 있음이 얼마나 큰 기쁨이고 축복인지 맛보라"고 했다. 진료실에서 잠깐 동안의 침묵을 경험하면서 이 책이 말하는 침묵의 의미를 다시금 곱씹게 되었다.

불가피하게 자리를 비운 사이 환자가 죽음을 맞이하는 경우도 있다. 그런 경우 보호자가 대신 부고를 전하는데, 보호자의 눈물을 보면 주치의인 나를 얼마나 의지했을지 짐작하고도 남는다. 특히 환자가 그동안 고마웠다고 하더라는 말을 전해 들을 때면 내가 의사로서 헛되게 살지 않았다는 생각에 감사하게 된다. 암은 조기발견이 무엇보다 중요하지만, 여러 가지 이유로 진단이 늦어져 치료가 어렵거나 재발로 인해 고생하는 환자를 만났을 때 그들의 고통

을 이해하고, 말벗이 되고, 동반자가 되어 함께 걸어가는 것이 의사의 또 다른 역할이라 생각한다.

생각해보면 우리 모두가 시한부 인생을 살고 있다. 단지 일찍 가고 늦게 가는 시간의 차이와 자신의 남은 생이 얼마인지 아는 것과 모르는 것의 차이이다. "세상 가장 빛나는 목소리로 우리의 헤어짐을 노래하게 하소서"라는 가수 유익종의 노랫말처럼, 나의 환자들에게 할 수 있는 최고의 마지막 선물은 그들의 헤어짐을 가장 빛나게 장식해주는 것이 아닐까 생각해본다.

해피엔드를 위하여

소치 동계올림픽 기간 동안에는 늦은 시간까지 우리 선수들의 경기를 보느라 깨어 있는 날이 많았다. 이상화 선수의 스피드스케이팅 500m 결승은 조마조마하게 지켜보았고, 이규혁 선수가 마지막까지 최선을 다해 뛰는 모습을 보면서는 마음이 뭉클했다. 쇼트트랙 결승에서는 박승희 선수가 넘어지자마자 다시 안간힘을 다해 뛰는 것을 보며 눈물이 나올 뻔했다. 긴 시간 동안의 지옥훈련을 이겨내고 국가대표로서 세계 선수들과 기량을 겨루는 자리인 만큼 마음의 부담이 컸을 것이다. 그럼에도 선수들이 최선을 다하는 모습에 온 국민이 감동했으리라 생각한다.

소치 동계올림픽이 있던 기간에 병원 내 내과학 교실에서 작지만 의미 있는 행사를 열었다. 15년 전 불의의 교통사고로 유명을 달리한 당시 1년 차 내과전공의 고故 임상순 선생의 높은 뜻을 기리는 행사였다. 외과 대표로 초청을 받고 참석했는데 슬픈 분위기 때문에 마음이 많이 울적했다. 이식외과 교수들도 참석하리라 기대했으나 응급 뇌사자의 이식 수술 때문에 참석하지 못했다.

당시 임 선생에게 뇌사 판정이 내려지자 홀어머니는 사람을 살리는 의사의 길을 선택한 자식의 뜻을 실천하기 위해 장기기증이라는 큰 결단을 내렸다. 덕분에 임 선생의 장기는 다른 환자들에게 이식되어 여러 사람이 새 생명을 얻을 수 있었다. 임 선생은 살신성인의 모범을 보인 것이다. 행사 중 당시 장기 적출 시 수술실에 배석했던 친한 졸업 동기들의 이야기를 들으면서 모두가 숙연해졌다. 남편도 먼저 세상을 떠나고 외아들까지 잃어 이제는 홀로된 어머니가 추모 모임에 참석했다. 그때가 떠오르는지 그저 눈물만 흘리는 모습을 보고 너무나 안타까웠다. 이제는 내과학 교실에서 아들딸이 되어드리겠다는 내과 주임교수의 이야기가 마음에 다가왔다. 자라나는 새내기 의사에게는 의사의 길이 어떤 것인지, 어떤 고통을 수반하는지 백 마디 천 마디 말보다 이 행사가 가르침을 주는 바가 더 크겠다는 생각이 들었다. 한 명의 내과의사가 몸을 바치고 외과의사들이 기술과 경험으로 의술을 펼친 진정한 인술의 실현이었다. 요즘 병원에 근무하는 가까운 선배로 존경할 만한 인물을 찾고 있었는데 이런 행사를 마련한 내과 주임교수가 그 사람인 것 같아 내심 기뻤다.

자식의 장기를 기증한 홀어머니의 숭고한 결심을 보니 십자가에서 돌아가신 예수님을 안고 있는 성모마리아의 모습을 표현한 미켈란젤로의 피에타가 떠올랐다. 자식을 잃은 깊은 고통 속에 있는 성모마리아의 모습이 행사 당일 어머니의 모습에서도 비쳤다. 어머니의 고통과 슬픔이 있었기에 다른 많은 이들이 행복한 결말, 해피엔드를 이루었을 것이라는 생각이 든다.

흔히 인생을 드라마나 연극에 비유한다. 이야기를 지켜보는 시청자나 관객들은 결말이 어떻게 될지 조마조마하다. 그런데 한 사람의 시각으로 생각하는 해피엔드는 단편적일 수밖에 없다. 반면 모두를 아울러 본다면 해피엔드는 다차원적일 수 있다. 누군가 고난과 역경을 견딘 덕분에 다른 이들은 해피엔드를 맞이하기도 한다.

가족들과 함께 〈수상한 그녀〉라는 영화를 보러 간 적이 있다. 상영 내내 나는 웃다가 울다가 했다. 같이 간 가족들 역시 비슷한 상황이었다. 영화가 끝나자마자 딸아이의 얼굴을 보니 나처럼 많이 울었던 것 같아 역시 부전여전父傳女傳인 것을 느꼈다.

영화는 어쩌다 스무 살의 몸으로 돌아간 주인공이 젊을 때 못해

본 것들을 경험하다가 마지막에 다시 젊음을 빼앗길 수 있는 상황에서 벌어지는 일들을 통해 강력한 메시지를 던졌다. 젊은 몸을 갖게 된 엄마와 늙은 아들과의 대화에서 나뿐만 아니라 많은 관객이 울었을 것이다. 아들은 젊어진 엄마에게 다시 멋진 인생을 살라고 말한다. 자신 같은 못난 아들도 낳지 말고 고생도 하지 말라는 것이다. 그러나 어머니는 다시 태어나도 자신이 걸어온 삶을 살 거라고 말한다. 그리고 젊음을 다시 잃어버리는 것에 아랑곳하지 않고 교통사고로 다친 손자를 위해 기꺼이 수혈을 해준다. 젊어져서 다시 사는 것보다 손자의 생명을 구하는 것을 선택한다. 자신의 해피엔드를 위해서 무엇에 가치를 두어야 하는지 분명히 선택한 것이다. 사람은 이러한 인간의 내면적 가치를 발견하고, 나 혼자만의 해피엔드가 아닌 다각적이고 고차원적인 해피엔드를 보며 희망을 갖는 것 같다. 아무리 인간의 추악한 면을 드러내는 사건이 많다 해도 진정한 해피엔드를 추구하고 이를 위해 노력하며 희생하는 사람들이 여전히 존재한다는 것은 놀라운 일이다.

우리 모두는 해피엔드를 꿈꾸고 희망한다. 때로는 그 꿈이 이루어지지 않아 안타까울 때도 많다. 한때 48%의 높은 시청률을 기록하며 온 가족이 주말에 옹기종기 모여 앉아 보던 한 드라마는 멋진 해피엔드로 시청자에게 만족을 주었다. 가족의 어른인 할머니는

100세 넘게 장수하고, 모든 가족 구성원들이 어찌 보면 비현실적이리만큼 큰 행복과 명예를 누리는 것을 보여주며 시청자의 기대를 한껏 만족시켰다. 나는 작가의 재치에 박수를 보내고 싶다. 해피엔드를 간절히 바라며 마음을 졸이던 시청자의 열망을 100% 만족시켜줬기 때문이다.

해피엔드를 꿈꾸며 하루를 성실히 살아가는 것이 인생이다. 그 성실한 하루하루가 모여 '나'의 아니면 언젠가 먼 훗날 '누군가'의 해피엔드로 이어지길 기대한다.

HAPPY
END
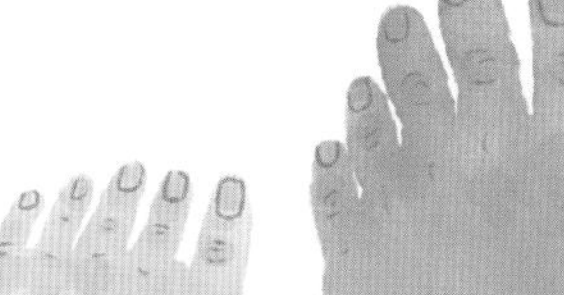
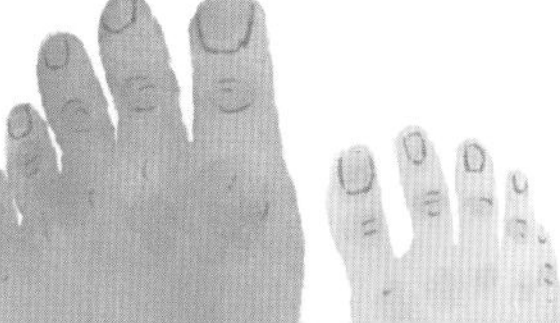
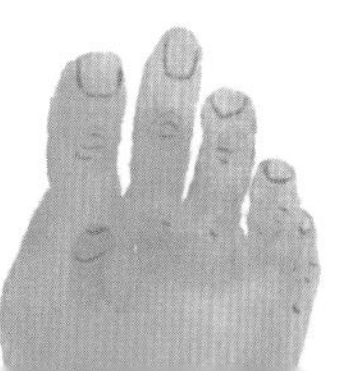

유난히 길었던 수술실의 어느 하루

수술실을 나와 연구실에 가는 중에 시계를 보니 새벽 한 시다. 넓은 길에 아무도 없어서 치기가 생겼는지 대로 한가운데를 걸으면서 심호흡을 했다. 차가운 바깥 공기 때문에 가슴이 얼얼해진다. 방금 전 수술한 환자들이 생각난다. 공통점은 1차 수술 후 재발되어 고생하는 환자라는 것이다. 월요일은 원래 수술이 있는 날이지만 특히 재발된 암 환자 치료가 많은 날이라서 평소보다 많이 늦어졌다.

의사가 환자와 고통을 같이한다는 것이 말처럼 그렇게 쉽지 않다. 몸이 피곤하면 엉뚱하게 환자의 가족들을 퉁명하게 대하기도 한다. 그럴 때면 뒤늦게야 깨닫고 반성하게 된다.

첫 번째 환자의 수술은 거의 열네 시간이 걸렸다. 이 환자는 다른 대학병원에서 1차 수술 및 항암 약물치료를 했지만 재발한 상태였다. 재발된 암은 다리로 가는 혈관, 세뇨관, 근육, 장과 한데 엉켜 있었고 1차 수술과 방사선치료를 받은 상태라 더 어려운 수술이었다. 열두 시간 이상 수술을 하고 중간에 보호자에게 상황을 설명했다. 특히 인공항문인 장루의 필요성에 대해 설명하니 막무가내로 받아들일 수 없다고 했다. 어떻게든 재발한 암을 제거하려는 의료진들에게 수고한다는 말 한마디는커녕 환자 상태의 어려움을 이해하지 못하고 일방적으로 요구만 하는 가족들이 야속하게 느껴졌다. 어쨌든 위험을 무릅쓰고 장루 대신 장 복원술을 시행했다. 재발 환자의 치료는 이처럼 의료진과 보호자 모두에게 부담이 크고 시간과 정성이 많이 간다.

다음 날, 수술했던 환자의 장남이 찾아와 감사의 인사를 했다. 더불어 어제 동생들이 결례한 것 같다며 죄송하다고 사과하니 서운함이 눈 녹듯 사라졌다. 회진 때는 회복된 환자가 내 손을 잡고 연거푸 고맙다고 인사하니 그동안의 고생이 싹 잊혀지는 느낌이 들었다. 내가 속이 좁았던 것 같다.

두 번째로 수술한 환자는 꽃다운 20대에 직장암이 재발한 아가씨였다. 암이 재발하여 눕지도 못하고 통증 때문에 진통제에 의존

하는 데다 배변도 잘 못해 장루를 만들어주었다. 회진 때면 힘든 상황이 안타까워 내가 차마 눈을 마주치기 어려워 딴 곳을 보던 환자였다. 통증 때문에 엎드려 있으면서도 애써 나를 정면으로 바라보며 이야기하고, 어머니는 항상 옆에서 간병하는 모습이 안쓰러웠다. 참 좋을 나이에다 아름다운 아가씨인데 어쩌다 상태가 저렇게 되었는지 괜히 자책도 하고, 왜 저런 고통을 겪어야 하나 안타까운 마음이 들었다.

세 번째의 50대 중반 여자 환자는 2년 전 대장암 발병과 동시에 간 전이가 진행되었다. 수술 후 항암 약물치료를 받다 재발하여 항암 약물치료 및 관찰 중에 있던 상태였다. 장폐색증으로 다시 입원하여 대증적인 치료 중이었는데, 복통은 심하지 않은데 어제부터 맥박이 잦고 탈수 증세를 보였다. 복부 전산화단층촬영으로 봤을 때 장폐색이 진행되어 자칫 장괴사로 갈 수 있는 상황이었다. 가족이 어떻게 되느냐고 물어보니 이혼을 했고, 직장에 다니는 미혼 아들 하나만 있는 단출한 가족이었다. 다른 수술 때문에 피곤하여 다음 날 수술할까 잠시 망설였으나 밤새 장이 썩으면 어떡하나 걱정됐다. 수술한 결과 유착 때문에 장이 색깔이 변하기 시작한 상태여서 신속히 수술을 결정한 것은 적기에 잘한 판단이라고 생각됐다.

수술이 끝나고 새벽 두 시쯤 우리 팀은 출출한 배를 달래기 위해 근처 심야 영업을 하는 라면집에서 배를 채웠다. 다음 날 보니 환자는 많이 편해 보였고 예전처럼 웃으면서 감사하다고 했다. 나는 환자에게 회복되면 다시 항암 약물치료를 받으라고 했다.

재발로 수술한 세 환자의 공통점은 병이 많이 진행되어 병원에 온 환자라는 것이다. 현재 의술과 약물이 이전보다 많이 개선되어 전이되거나 재발된 환자들도 평균 2~3년 이상 생존하며, 그 이상 장기 생존하는 사례들도 많다. 따라서 완화치료의 중요성이 다시 부각되고 있다.

여생이 얼마 남지 않은 말기암 환자는 그만큼 치료에 어려움이 있고 관심을 필요로 한다. 비록 어려운 여건의 환자일지라도 더 많은 관심과 사랑으로 보살핀다면 오늘의 수고는 큰 보람이 되리라고 생각한다. 유한하고 연약한 육신에 갇혀 힘든 삶을 살아가는 우리들인 만큼 서로에게 조금씩 힘이 되면 좋겠다는 생각을 해본다.

노교수의 식지 않는 열정을 만나다

2009년에는 유난히 기억에 남는 직장암 워크숍이 있었다. 두 개의 세미나실을 터서 100여 명이 모였는데, 강의 및 수술 실연實演을 보고 토의하느라 그 열기가 뜨거웠다. 그 워크숍은 현재는 직장암의 표준 술식이 된 '전직장간막 절제술'을 최초로 주장한 직장암 수술의 세계적인 대가 빌 힐드 교수가 참석해 강의 및 수술 실연을 하여 더 많은 것을 느낄 수 있는 자리였다.

전직장간막 절제술이란, 직장 및 직장간막을 주변 장기로부터 정확하게 박리하고 적절한 직장간막 절제를 하는 것이 주요 골자 개념이다. 또한 일본 시즈오카 암센터의 기누가사 선생과 도쿄에 위치한 국립국제의료연구센터의 야노 선생이 초청되어 알찬 강의로 자리를 빛내주기도 했다.

특히 힐드 교수가 보여준 두 차례의 강의와 수술 실연은 무엇보다 나에게 가슴 뛰는 일이었다. 이번 만남을 위해 다시 그의 예전 논문을 읽어보며 마음의 준비도 하였고, 토요일 저녁에는 직접 인천공항에 나가 교수를 맞이하기도 했다.

이번 워크숍이 손쉽게 성사된 것은 아마도 힐드 교수가 일하는 영국 펠리컨 센터의 선생 두 분을 모셨기 때문에 우리 병원에 대한 인식이 좋은 것, 지난주 일본 교토에서 특강이 있어 영국으로 가는 길에 한국에 잠시 들를 여유가 된 것이 한몫한 것 같다. 운이 좋았다.

공항에서 만난 힐드 교수는 두 개의 큰 가방 외에도 컴퓨터를 넣은 다른 큰 손가방을 갖고 있었다. 74세의 고령인데도 자신이 수술하는 모습을 생중계하는 카메라시스템을 갖고 다녔고, 우리 병원 시스템에 맞는지 확인해달라고 했다.

힐드 교수는 일요일 아침 여덟 시 반에 세미나실에 왔다. 우리는 먼저 카메라시스템을 확인하고, 점심때 수술을 받을 환자의 병실을 방문해 인사를 나눴다. 다행히 환자와 가족들은 영국신사가 수술하는 것을 흔쾌히 승낙한 상태였다. 힐드 교수와 환자 그리고 가족들은 농담까지 나누었는데 그 광경에서 따뜻한 의사의 진심을 느낄 수 있었다.

짧은 기간이었지만 옆에서 지켜보면서 느낀 대가의 특징 몇 가지를 적어보고자 한다.

첫째, 자신의 건강을 위해 운동을 열심히 한다. 힐드 교수의 경우 조깅을 한다고 했다.

둘째, 나이가 들어서도 첨단기술을 잘 활용하고 새로운 기술에 대한 끊임없는 관심을 가지고 있다. 힐드 교수 역시 컴퓨터와 슬라이드를 직접 다루었는데, 실제로 그날 발표한 자료를 자신의 컴퓨터에 다 넣어 가기도 했다. 또한 다른 젊은 일본의사들과 나란히 앉아 다빈치로봇수술을 보면서 관심이 많았다. 나이가 들어서도 자신의 전공에 대해 끊임없이 노력하고 발전시키는 열정이 저 사람을 젊게 만드는구나 생각되었다.

셋째, 자신의 생각과 기술을 공유하려고 노력한다. 힐드 교수는 평생을 유럽뿐만 아니라 미국, 일본, 남미 등 전 세계를 돌아다니면서 직장암 수술에 대한 강의와 수술을 실연했던 분이다. 평범한 사람들은 나이가 들면 관심과 호기심이 쇠퇴하며 시들하기 마련인데 대가들은 결코 식지 않은 열정을 지니고 있는 것 같다.

과거 힐드 교수의 강의를 들어본 적은 있지만 이렇게 가까이에서 직접 수술을 보고 토의한 것은 처음이었다. 논문만으로는 이해가 안 되는 부분에 대해 완전히 이해할 수 있었던 귀중한 시간이었다. 그에게 궁금한 것이 얼마나 많았는지 모른다.

1980년대 직장암의 국소 재발률이 30% 등으로 높게 보고되고 있을 때 힐드 교수는 국소 재발의 원인이 수술 시 남겨진 직장간막의 암세포 때문이라고 보고하며 전직장간막 절제술을 주장하였다. 이는 《영국외과학회지》와 《란세트》에 보고되어 주목을 받았다. 이후 전직장간막의 절제술 개념으로 수술한 후 치료 성적을 보고하였는데 놀랍게도 5% 미만의 국소 재발률을 보였다. 이후 힐드 교수는 이를 논문으로 발표하고 전 세계적으로 25개 나라 이상에서 300여 건의 수술을 실연했다. 힐드 교수는 직장암 수술에 대한 강의 및 수술을 가르치는, 말하자면 직장암 수술의 전도사로 다양한 국제적 명성의 잡지에 논문이 실려 있으며, 은퇴 전까지 영국 햄프셔 주 베이싱스토크에 있는 펠리컨 암센터에서 진료 및 연구와 후학 양성에 힘쓴 바 있다.

벌써 이렇게 나이가 들어 그동안 만나고 싶던 힐드 교수를 초청할 수 있는 위치까지 왔다. 지금의 젊은 선생들은 이런 소중한 경험을 누릴 수 있는 것이 얼마나 큰 행복인지를 아는지 모르겠다.

가까이에서 본 힐드 교수는 세계적인 대가치고는 자기를 포장할

줄 몰랐고 순수하게 자신의 일에 열정을 보이는 노익장老益壯의 모습 그 자체였다.

시간이 많이 흘렀지만, 다시 한번 힐드 교수의 방문에 감사하고 워크숍이 성공적으로 진행되도록 노력해준 우리 팀원들에게 감사한다. 힐드 교수가 계속 건강하시길 기원한다.

환자를 위한 기도

병실에서 울려 퍼지는 찬송가는 잠깐이지만 피곤한 심신을 위로하기에 충분하다. 의치대 학생들이 부르는 혼성 4중창의 찬송이 울려 퍼지는 순간을 회진 때 우연히 접한 적이 있다. 이때 멀리서 들리는 찬송은 사막의 오아시스이자 하늘의 북극성처럼 느껴졌다.

최근에 의과대학 시절 은사의 사모님과 친한 선배 의사를 수술하게 됐다. 그동안 많은 선배나 후배, 동료 의사, 간호사 등의 의료진을 수술해봤지만, 많은 지식과 경험을 공유한 전문가들을 치료하고 그 경과를 설명하는 것은 역시 쉽지 않다. 또한 경과가 좋지 않을 때는 입장이 난처할 경우가 종종 있다.

보통의 사람들은 고통을 공유하는 것에 익숙하지 않고 힘들어한다. 나 역시 병원에서 근무하지 않았다면 가까운 사람들의 고통만을 보았을 것이다. 병에 시달리는 많은 사람들의 고통을 모르고 지나가거나 알 이유가 없는 사람이 되었을 것이다.

가끔씩 나는 지식과 경험, 기술을 파는 사람에 불과한 것이 아닌가 하는 자괴감에 빠져들곤 한다. 매일 힘들어하는 환자들을 보다 보니 측은한 마음이 드는 대신 가끔 귀찮기도 하고 공감하는 것 자체를 거부하고 싶을 때가 있어 힘들다. 진정한 의술, 인술은 옆에서 같이 아파하고 기도하는 마음이 아닐까.

문득 어릴 때 많이 아파서 누워 있던 때가 생각난다. 그때 내 곁에서 하염없이 배를 쓸어주시던 분은 바로 외할머니였다. 지금 생각해보면 외할머니는 그런 방법으로 탈수의 여부를 살피셨던 것 같다. 밤새 걱정으로 한숨도 못 주무시며 내가 소변을 보았는지 걱정해주셨던 외할머니. 몸이 약한 내가 감기나 독감에 걸려 기침을 하면 안쓰러워 어쩔 줄 몰라 할 정도로 나를 너무나도 사랑해주시던 외할머니. 어린 마음에 기침을 더 심하게 해서 외할머니의 관심과 동정을 더 받고 싶어 했던 짓궂은 내 모습이 떠올라 순간 부끄러워진다.

언젠가 우연히 외할머니의 유품인 쌍가락지를 여동생이 가지고 있다는 사실을 알았고, 여동생에게 부탁해 그중 한 개를 받아서 잘 보관해두었다. 외할머니가 보고 싶은 날에는 가끔씩 꺼내 본다. 혹여 마음이 흐트러질 때에도 반지를 보면서 스스로를 추스르기도 한다. 외할머니는 비록 의사는 아니었지만 환자를 위하는 따듯한 마음과 공감을 맨 처음 나에게 가르쳐주신 분이다.

내가 매일 만나는 환자들은 대부분 생면부지의 사람들이다. 그들은 나의 의술을 믿고 병을 치료하기 위해 온 사람들이다. 언젠가부터 나는 이 환자들의 고통에 같이 아파하기보다는 상품을 파는 장사꾼으로 전락하지 않았는가 하는 생각에 스스로를 경계하게 된다. 돌아가신 외할머니가 어린 시절 내게 보여주셨던 아픈 사람에 대한 사랑과 공감을 현재의 내가 만분의 일이라도 닮을 수 있다면……. 많이 배우고, 지식과 경험이 많은 것은 사람됨과는 별개 문제라는 것을 나는 일찍 깨달았고, 지금도 순간순간 느낀다.

환자가 하루빨리 병의 고통에서 벗어날 수 있기를 바라며 나는 아침마다 그들을 위해 기도하고 기도한다. 환자를 위해 기도하거나 아픔에 공감하는 태도는 마치 의사의 인술을 시험하는 리트머스시험지와 같다고 생각해본다. 환자와 공감하는 의사는 붉게, 그렇지 못한 의사라면 파랗게……. 내가 만약 그 시험에 든다면 어떤 색을 띄게 될까? 나 역시 붉은색을 띈 시험지를 받을 수 있을 것인가? 오늘도 그런 반성과 기도로 하루를 마무리한다.

옛날 사진을 보다가

차를 몰고 시청 근처를 지나다 신호로 잠시 멈췄을 때 백미러를 통해 지나가는 사람들을 쳐다보던 기억이 새롭다. 할아버지와 할머니, 엄마와 아이, 젊은 연인 등이 부지런히 횡단보도를 건넜다. 엷은 색이 입혀진 백미러로 보이는 그 모습이 마치 빛바랜 사진을 보는 듯하여 한참을 멍하니 바라보았다. 인생의 각 순간이 거기에 있었고, 나 역시 거기에 있었다.

빛바랜 사진 중에는 씁쓸한 웃음을 짓게 하는 사진이 있다. 지금도 책상 서랍에서 가끔 꺼내어 보는 초등학교 졸업식 때 어머니와 함께 찍은 사진이다. 사진 속 젊은 어머니는 졸업을 축하해주기 위해 꽃다발을 들고서 내 옆에 나란히 서 계신다. 미장원에서 곱게 손질한 머리에 이제는 구식이 된 촌스러운 양장을 입고 단정히 서 계신 모습이다. 그러나 사진 속의 나는 늦게 오신 어머니 때문인지 잔뜩 화가 나 있었다.

지금의 어머니는 무릎이 불편해서 어딘가 이동할 때면 내 팔을 붙들거나 지팡이에 의지하면서 다니신다. 어느덧 키는 쪼그라들어서 나보다 한참 작아지셨다. 예전과는 달리 무릎이 안 좋아진 어머니는 문밖까지 배웅하지 못하신다. 현관을 나서며 늦은 오후의 햇살을 받은 어머니의 팔에는 가까운 의원의 의사 선생이 놔준 링거 주사 자국이 남아 있고, 고목같이 깊이 주름진 피부와 왜소한 몸을 생각하면 언제나 마음이 아파온다. 나를 낳아주고 길러준 분, 어린 나를 많이 꾸짖어 사람이 되게 해준 은인, 공부를 게을리하면 무섭게 나무라며 오늘의 나를 있게 해준 고마운 분. 그런 분에게 내가 너무 소홀한 것 아닌가 하는 마음에 자책했다.

일주일 만에 다시 찾아뵈었을 때 다행히 어머니는 조금 기운을 차린 모습이었다. 옆에서 찬찬히 살펴보니 확실히 기력을 회복하신 것 같았다. 치매 때문에 고생하는 친척을 한번 방문하자고 하셔서 같이 모시고 가겠다고 말씀드렸다. 실향민으로 남쪽에 유일하게 남은 어머니와 같은 연배의 친척 분은 따뜻한 햇살이 들어오는 아파트에 살고 계셨다. 조용한 집 안에는 어항 속을 유유히 다니는 관

상어와 고양이 한 마리가 있었다. 친척 분은 상대방을 잘 알아보지 못하는 것 같아 서로 이야기할 상황이 못 되어 얼굴만 살핀 뒤 다른 가족들과 이야기를 나누었다.

일전에 입원한 명예교수의 병환이 잘 회복되어 다행이다. 수술 후 복통 때문에 직접 전화를 걸어와 외래 진료 후에 바로 올라가보았다. 다행히 큰 문제는 아니었고 무사히 퇴원했다. 한동안 지속적으로 살폈던 퇴역 장군은 갑자기 황달이 와서 검사를 하니 좋지 않은 결과가 나왔다. 그래서 가족들과 어떻게 해야 할지 의논했다. 나이가 들며 발생하는 여러 건강상 문제들을 두고 가족의 의견이 갈리는 것은 당연하다고 생각한다.

지난주에 수술한 80세 환자의 경우 대장암이 많이 진행되었다고 그 아들에게 이야기했더니 눈물을 글썽거렸다. 수술 후 환자의 아들들이 교대로 정성스럽게 간호하는 것을 보았다.

나이가 든다는 것은 두려운 일이다. 육신이 늙어가는 것은 자연의 이치라지만 마음은 미처 따라가지 못하는 것이 사실이다. 언젠가 우연히 라디오에서 평소 좋아하던 그리스 가수 나나 무스쿠리의 나이 든 목소리를 듣고 서글펐다. 젊을 때 윤기 있던 꾀꼬리 같은 음성과 기교는 간데없었다. 차라리 듣지 말 것을 하고 후회스러웠다.

병원에서는 '노년 내과'라는 이름으로 따로 독립한 과에서 노인의 특성에 맞게 진료를 시행하고 있다. 초고령사회로 진입하면서 노후대비 문제가 현실적으로 다가왔다고 실감한다. 우리나라도 노인문제, 복지 등에 대한 심도 있는 대책이 필요할 것 같다. 노인을 공경하고 존중하는 것은 미래의 나를 공대恭待하는 것이다. 노인으로 태어나 점점 젊어지다가 어린아이로 자신의 부인 품에서 삶을 마감하는 브래드 피트 주연의 영화 〈벤자민 버튼의 시간은 거꾸로 간다〉는 우리에게 많은 것을 생각하게 한다.

어느덧 비가 그치고 연구실 밖에서 이름 모를 새의 울음소리가 들린다. 비 온 뒤 공기가 깨끗해져 소리도 청아하고 아름답다.

13년 전 즈음, 지금은 시집간 딸아이와 아들, 아내 그리고 어머니와 휴가차 홍천의 내린천 근처에서 민박을 했다. 민박집 앞을 흐르는 맑은 물에서 장난치고 아이들과 같이 잠자리를 잡으러 뛰어다녔다. 밤하늘에는 별이 많았고 텃밭에 있던 개는 가끔 하늘을 보고 짖어댔다. 한번 더 그곳으로 휴가를 갈까 하니 아내는 그 민박집이 팔려서 어떨지 모르겠다고 했다.

내 마음속 가족들이 행복하게 지냈던 그 피서지로 가는 길을 이제는 찾을 수 없게 되었다. 빛바랜 사진 속, 딸아이의 함박웃음 속에서나 그곳으로 가는 길을 찾을 수 있을 것이다. 딸아이의 행복한 웃음이 앞으로도 계속되기를 기도해본다. 또한 내 일상의 한 컷 한 컷을 아름답게 간직하며, 하루하루 마주치는 이웃들과 환자들에게 잘하자는 다짐을 해본다.

좁은 문

조용한 일요일 오후, 정적 속에서 신문기사와 미뤄두었던 책을 읽었다. 그동안 집에 머물던 아들은 방학이 끝나서 다시 공부를 하러 집을 떠났다. 아들이 없으니 가벼운 운동을 할 파트너를 찾지 못해 독서에만 몰두하게 된다. 어느 날인가 아들과 함께 야구공을 주고받다가 아파트 내에 탁구대가 설치되었다는 공고문을 우연히 발견했다. 그 후 아들과 함께 탁구를 치곤 했는데 탁구를 조금 해본 적 있는 내가 아들을 가르쳐주는 입장이었다. 아들이 돌아간 이후에는 주민들과 함께 탁구를 치면서 동호회도 가입하였다. 토요일이면 시간 가는 줄 모르고 땀에 흠뻑 젖을 때까지 탁구를 쳤다. 한번은 같은 아파트 주민인 70대 중반의 어르신과 시합을 했는데, 워낙 건강 관리를 잘

하셔서 그런지 체력으로 당해내지 못하고 내가 먼저 시합을 중단하자고 했다. 체력과 건강은 나이와 상관없는 것임을 실감했다. 신체 나이와 실제 건강 및 체력 상태에는 차이가 있는 것이다.

보통 여든이 넘는 어르신의 수술을 앞둔 경우 가족들의 걱정이 크다. 그러나 사실 심폐기능 등에 문제가 없으면 수술 후 별 무리 없이 회복하는 환자가 많은 편이다. 평균 수명 80세를 바라보는 시대, '건강 100세'를 외치는 시대라 그런지 주변에서도 건강한 어르신을 쉽게 만날 수 있다. 그런데 건강은 단순히 나이나 지병의 유무로만 판단할 수 있는 것이 아니다. 평소 지병이 있거나 주변 가족이 병치레를 하는 경우 병원 출입이 잦고, 검진도 자주 받아 오히려 건강 관리를 잘하는 사람이 많다. 반면 평소 건강을 과신하고 관리에 소홀해 나중에 병이 많이 진행된 상태로 병원을 찾는 경우도 있어 안타까울 때가 많다.

올해 휴가는 사전에 예약을 하지 않아 휴양지에는 못 가고 집에 있었다. 짧은 기간이지만 집사람과 같이 오전에 운동도 하고 평소 가고 싶던 서울 시내도 돌아보았다. 파주의 출판단지와 헤이리 예술마을에서 새로운 경험도 했으며, 귀중한 책도 값싸게 많이 사들여 행복했다. 광릉 국립수목원에서는 숲해설가의 설명도 들을 수 있었다. 꽃과 식물에게 사랑한다는 말을 해주고 관심을 가지면 더 잘 자랄 뿐만 아니라 더욱 아름다운 꽃을 피운다고 한다. 그 이야기를 들으니 식물이라는 생명체에 경외심마저 느끼게 되었다. 아파트 베란다에 아기자기한 꽃을 키우는 집사람은 분명 마음이 따뜻한 사람이라는 확신도 들었다. 집사람은 때맞추어 화분에 물을 주고, 흙을 갈고, 때로 여행 때문에 집을 비울 때면 내게 꼼꼼하게 지시사항을 알려준다.

평소에도 다니던 길을 휴가 기간 동안 천천히 운전하면서 새삼 눈에 띄는 건물과 가게 등이 있다는 것에 놀라면 아내는 의아한 듯이 나를 쳐다보았다. 천천히 걷고 두루 살피면서 그간 애쓰며 살아온 우리의 얼굴을 본 것만으로도 삶의 위대함과 일상의 중요성을 느낄 수 있었다. 휴가의 큰 수확이다. 굳이 템플 스테이 같은 특별한 프로그램에 참가하지 않아도 느낄 수 있는 부분이 많은 것 같다. 평소에 여러 불만이 있었고 나만의 개선책을 갖고 있다는 오만도 있었는데, 쉬면서 여유를 갖고 잘 살피니 그런 오만에서 차츰 벗어나게 되었다. 이미 많은 부분 개선되어 있었으나 나 자신만 깨닫지 못한 문제도 있다는 것을 깨닫고 속으로 피식 웃음이 났다.

문득 프랑스 문호 앙드레 지드의 《좁은 문》이라는 작품이 떠오른다. 종교적 신념과 사랑에 대한 의미 있는 질문을 던지는 소설이다. 아마도 청소년기에 한번쯤 접해본 사람도 많을 것이다. 소설 속 '좁은 문'은 재물, 권력, 육욕 등 참다운 인간이 되기 위해 인간이 지나는 관문을 상징한다. 우리 생에 통과하는 좁은 문의 종류는 많다. 그중에서도 건강에 이르는 좁은 문을 지나기 위해서 우리는 식욕, 기호식품의 과용, 과음, 흡연 등 순간적 쾌락의 추구를 자제하고 운동을 하며 건강을 잘 관리할 필요가 있다.

다른 한편으로 진정한 의료인이 되기 위한 좁은 문은 무엇일까 생각해본다. 그것은 의사의 권위와 명예를 내세우지 않고 다른 무엇보다 아픈 환자의 입장을 고려해서 성실하게 치료하는 것이 아닐까. 또한 치료가 어려운 환자를 외면하지 않고 개인적인 시간을 갖기보다는 환자를 위해 더 많은 시간을 가지려는 태도도 중요하다. 나보다 앞서 이 좁은 문을 통과한 훌륭한 선배 의사들이 있기에 나도, 그리고 후배들도 더욱 열심히 환자들을 돌볼 수 있는 것이다.

더 늦기 전에 마음의 휴가를 갖고 우리 인생에서 만나는 좁은 문을 생각해보았으면 한다. 요즘 젊은이들은 앙드레 지드의 《좁은 문》에 대해 어떻게 생각하고 있을까 궁금하기도 하다. 어쩌면 소설 속의 지나친 금욕주의와 종교적 숭고함을 추구하는 삶에 대해 답답하게 느낄 수도 있을 것이다. "한 번밖에 없는 귀중한 삶인데, 어떻게 이런 눈에 보이지 않는 것에 얽매여 살 수 있어?" 하고 당장 이해할 수 없다는 눈빛으로 수많은 질문을 던질지도 모르겠다.

언젠가 운전을 하면서 라디오를 통해 들은 이야기가 있다. 고산지의 수목한계선에서 자라는 나무로 만들어진 악기는 그 어떤 악기보다 아름답게 공명한다고 한다. 힘든 상황을 견디며 아픔을 이기고 살아남은 나무이기 때문일까. 어쨌든 그 이유를 잘 알 수는 없으나 이러한 악조건을 이긴 나무가 좋은 악기의 재료가 된다고 한다. 마찬가지로 삶의 아픔을 묵묵히 견뎌내고 옳게 살아간다면 진정 아름답게 공명하는 인생이라고 할 수 있지 않을까. 이런 사람들에게는 인생의 '좁은 문'도 활짝 열린 문이 될 것이라는 생각을 해본다.

오페라 〈마술피리〉에서는 고뇌하는 젊은 연인이 참된 인간의 덕목을 갖추기 위해 가장 어려운 관문을 통과하는 과정이 그려진다. 이때 여주인공의 아버지가 만들어준 마술피리를 불며 젊은 연인은 무사히 관문을 통과한다. 우리의 인간다운 삶을 완성하는 '좁은 문'을 무사히 통과하게 도와주는 마술피리는 어디에 있을까. 건강하고 보람 있는 삶을 살기 위한 부단한 고민 속에 그 답이 있는 것은 아닐까.

세 잎 클로버의 꽃말

20년 넘게 같이 일하던 마취과 교수의 추모 미사가 병원 장례식장 예배실에서 열렸다. 지병으로 투병 중이었는데 갑자기 상태가 안 좋아져 어제 세상을 떠난 것이다. 고인은 마지막까지 후배들을 위해 시신을 기증했고 이런 이유로 발인도 없었다. 고지식하고 무뚝뚝해도 성실하고 환자를 위해 열심히 일하던 그가 많이 생각나면서 인생의 덧없음을 실감했다.

중외제약 창업자인 성천星泉 이기석 회장의 창업정신에 따라 제정된 성천상星泉賞 시상식에 참석했다. 이 복지재단에서 후원하는 저개발국 외과의사 교육프로그램 공동운영에 대한 인연으로 참석하게 된 것이다. 2015년도 수상자는 세브란스 1958년 졸업생이자 홀트아동복지회에서 오래 헌신해온 소아과전문의 조병국 선생이다. 그녀는 우리나라의 영유아 사망률이 높던 1960년대 시절, 소아의 진료 복지에 헌신했고 특히 모든 장애인과 고아의 주치의가 되어주었다. 그 고결한 삶의 모습은 얼굴에 고스란히 나타나 있었다. 정말 자랑스러운 선배라 저절로 고개가 숙여졌다. 어려운 시절 아이들의 건강과 장애인을 위해 헌신한 선배를 보니 이런 정신이야말로 참된 의사의 정신이 아닌가 생각되었다.

그 당시만 해도 개업하여 많은 돈을 버는 것이 일반적인 의사의 길이었으나 선생은 다른 이들이 꺼리는 시립병원, 홀트복지병원 등 돈이 안 되는 곳만 쫓아다녔다. 주변의 반대는 어쩌면 당연해서 본인의 확고한 신념 없이는 버티기 어려웠을 것이다. 선생은 가난했던 1960년대, 하루에 예닐곱의 영아와 소아의 사망진단서를 작성하던 때는 자신의 실력이 부족해 수련을 더 받아야 하는 것이 아닌가 고민도 많이 했다고 회상했다.

행사 중에는 장애인으로 구성된 합창단 '영혼의 소리로'의 축하공연이 있었다. 짧은 시간이었지만 감동적이고 숙연한 시간이었다.

정년퇴직하는 명예교수의 고별사에서는 아주 귀중한 말씀도 들었다. 교수님은 한 여성으로서 일생을 교수이자 의학교육자로 지내온 존경받는 분이다. 그 내용을 짧게나마 소개하면 "우리는 늘 소명을 가지고 의사로서의 역할을 잘해야 한다. 환자가 잘 회복하면 겸허하게 감사하다 생각하고, 잘 낫지 않아도 좌절하지 않고 최선을 다하는 것이 의사라는 직업을 소명으로 받아들인 우리의 자세이다"라고 하셨다. 또 네 잎 클로버를 통한 삶의 철학에 대해서도 이야기해주셨다. "우리가 애타게 찾는 네 잎 클로버는 행운을 의미하는데, 흔하디 흔한 세 잎 클로버는 행복을 상징한다. 사람들은 행복을 찾지 않고 당연한 것으로 생각하는데, 세 잎 클로버가 주는 행복의 의미를 잘 생각하고 살아야 한다"고 하셨다. 짧은 고별사지만 감명 깊었고 메시지는 강렬했다.

전문직에 종사하다 직장암이 발병해 입원한 남자 환자가 있는데 치료에 적극적으로 협조하지 않아서 걱정이 크다. 그는 직장암으로 수술 전 방사선치료를 받고 직장과 전립선까지 제거하는 대수술을 받았다. 항암 약물치료를 받다가 현재는 합병증으로 고생하고 있어서인지 통 식사를 안하고 있다. 병 상태에도 호전이 없다. 이웃 대학의 교수로 있는 환자 누이들이 교대로 간호를 하는데, 주치의인 나도 아내와 아이들을 본 적이 없다. 아마도 가족관계가 깨진 상태인 것 같다. 환자가 힘들어서 자포자기 심정이 된 것은 아닌가 걱정이다. 얼마나 힘들까…….

딸과 함께 온 노인 환자가 있다. 환자는 80세가 넘은 나이까지

남의 땅을 소작하며 돈을 모았다고 한다. 최근에는 내외가 거주할 15평 아파트를 장만해서 기뻐했다고 하는데, 딸은 이 집에서 아버지가 더 사시다 돌아가시는 게 소망이라고 했다. 두 노인이 뼈가 빠져라 농사짓는 게 가슴 아프다고 하면서 자기와 여동생만 조금 지원해드리고 아들들은 나 몰라라 한다고 푸념하였다. 나는 그래도 효심이 깊은 딸이 있어 힘이 나실 거라고 격려했다.

지방에서 올라온 다른 환자는 드물게 혼자 병원을 찾았다. 병이 진행되어 정밀검사를 하도록 했다. 아들이 고등학교 1학년이라면서 말을 흐렸다. 여기저기 떠돌아다니다보니 몸 관리를 못했다고 하면서 치료를 부탁했다. 늦게 얻은 아들 하나가 몹시 마음에 걸리는 모양이다. 이혼 후에 본인은 혼자 지내고 아들은 이혼한 아내와 같이 있다고 했다. 최선을 다해 치료하면 완치될 테니 걱정하지 말라고 격려했다.

두 명의 여성이 진료실로 들어왔다. 모두 40대이다. 2년 전 언니가 내게 수술을 받고 정기적으로 병원에 오던 환자라고 소개하면서 이번에는 동생이 대장암에 걸려 내원했다고 한다. 특별한 가족력이 있는 것은 아니었다. 언니는 자신의 치료가 잘된 것처럼 동생도 부탁한다고 했다. 유심히 살펴보니 두 자매가 많이 닮았다.

한 쌍의 부부도 진료실을 찾았다. 먼 지방에서 온 부부다. 부인 얼굴이 낯이 익은데 7년 전에 내게 대장암 수술을 받았다고 한다.

남편 역시 약 3년 전 나한테 수술을 받고 정기적인 검진 중인데 검사 결과는 좋았다. 남편은 완치된 부인 옆에 다소곳이 순한 양같이 있었다. 부부는 일심동체라고 하지만 병까지 같다니 이 부부의 연이 참으로 깊구나 하는 생각이 들었다.

오후에는 외래 진료를 마치고 수술실로 가려는데 진료실 앞에 중년 부인이 서 있었다. 작년 말에 완치 판정을 받은 환자의 부인인데 너무 고마워서 작은 선물을 들고 나를 기다리고 있었던 것이었다. 현재 남편은 건강하게 회사에 잘 다니고 가정도 평안하다는 소식을 전했다.

언젠가 교도소 교정위원으로 봉사하는 지인에게 들었는데, 수감자 중 많은 이들이 불우한 가정사를 갖고 있다고 했다. 그래서 죄는 미워하지만 사람을 미워하지 않게 되고 오히려 그들을 따뜻하게 보살피는 데서 많은 보람을 느낀다고 했다.

진료실에서 듣는 소소한 이야기들은 나를 돌아보게 한다. 감사하는 환자와 가족들을 보면 의사로서 보람을 느낀다. 그들의 모든 사연을 품지 못하고 병에 대한 것만 보는 자신이 무력해질 때도 있다. 그런 한편으로는 병을 치료하고 내 전문적인 능력을 제공하면서 오히려 받는 것과 배우는 것이 많다는 걸 느낀다. 선배 교수의 이야기처럼 소명 의식으로 임하고 열심히 그 책임을 다할 것을 다짐하게 된다. 가끔 네 잎 클로버를 찾는 내 욕심을 부끄럽게 생각하며 세 잎 클로버의 의미를 되새겨본다. 오늘도 수술실에서나 병실에서 최선을 다하며 주변 사람들과 환자들에게도 세 잎 클로버의 의미를 전해주고 싶다.

환자가 의사에게 바라는 다섯 가지

의사와 환자의 관계란 미묘하다. 결코 평등한 관계가 아니다. 이것은 환자의 직업이 의사일 때도 마찬가지다. 어떤 이들은 환자가 대통령이거나, 대기업의 회장님이면 누구보다 우선적으로 최고의 치료를 받을 수 있는 건 아닌지 의심스러워한다. 대다수의 의사들도 환자들이 의사를 곱지 않은 눈으로 본다는 것을 알고 있다. 그렇다면 왜 이렇게 환자들은 의사에게 불신의 눈초리를 던지고 있을까? 그것은 아마 과잉진료, 부당한 대우, 짧은 면담시간 등에서 비롯되지 않았나 생각해본다.

환자와 의사의 관계는 떼려야 뗄 수 없는 부부 사이 같은 것이라고 생각한다. 환자 없이는 의사의 존재도 의미가 없기 때문이다. 그렇다면 이 금이 간 부부 사이를 회복하기 위해 어떻게 해야 할까? 의사는 환자의 마음을 어떻게 헤아려주어야 할까? 환자가 의사에게 바라는 것을 다섯 가지로 간추려보았다.

첫째, 의사가 환자를 포기하지 않는다는 확신을 주어야 한다. 아무리 위중하고 심각한 병에 걸린 환자라 하더라도 의사가 치료에 대한 강한 확신을 주면 환자는 그 의사를 보고 안심한다. 의사는 환자에게 등불과도 같은 존재이기 때문이다.

둘째, 의사가 가장 전문적·과학적·고도의 기술적인 결정을 한다는 확신을 주어야 한다. 의사와 환자 사이의 신뢰, 그 바탕에는 자신의 주치의에 대한 강력한 확신이 뒷받침되어야 한다. 그런데 환자가 자신의 병세가 악화되는 것 같다고 느끼고 점점 의심이 쌓이기 시작하면 더 이상의 치료는 무의미할 것이다.

셋째, 의사가 환자 자신을 동료로 생각한다는 확신을 주어야 한다. 환자의 입장에서 좋은 의사는 때론 병을 고치는 의사보다 고충을 잘 들어주는 의사라는 기사를 읽은 기억이 있다. 의사의 공감능력이 환자와 의사와의 관계에 있어 중요하다는 것을 지적한 것이다.

넷째, 의사가 환자의 질병에 대해 깊은 관심을 갖고 있다는 확신을 주어야 한다. 의사가 환자의 입장에서 이해하고 그들이 느끼는 고통에 정서적으로 반응했을 때 이것은 단순히 의사와 환자의 원활

한 의사소통만 가져오는 것이 아니라 치료결과에 긍정적인 영향을 미친다는 연구결과가 있다. 미국 의과대학협회에서는 환자의 입장에서 공감하고 신뢰성 있는 태도로 진료에 임하는 자세를 의대생들에게 함양시켜주는 것을 교육의 주요 목표로 정하고 있는데, 이런 연유 때문일 것이다.

다섯째, 의사가 환자는 자신의 질병에 대해 자세한 설명을 듣기를 원한다는 것을 이해해주어야 한다. 환자가 지불하는 병원비에는 의사의 의견을 듣는 비용도 포함되지만, 실제로는 의사가 제시하는 '행동계획'이 큰 부분을 차지한다. 환자는 병이 낫기 위해 무엇을 해야 하는지 알고 싶어 한다. 따라서 무슨 검사를 받아야 하고, 그 결과는 무엇을 의미하며, 다음에 언제 병원에 와야 하는지 등의 질문에 의사는 잘 대답해줘야 할 것이다.

레이건 미국 대통령의 일화가 생각난다. 그가 재임 중에 저격을 당해 수술실로 들어가면서 의사들에게 농담을 했다. "다들 공화당원이시죠?" 그러자 의사들은 "우리 모두 공화당원입니다"라고 대답했다는 일화다. 하물며 미국 대통령도 긴장되는 마음에 수술할 의사들에게 자신의 당원 아니냐고 농담을 할 정도인데, 보통의 환자들은 어떨까. 그 마음을 헤아릴줄 안다면 병을 넘어 마음까지 고치는 '중의'로 거듭날 수 있지 않을까?

3

무엇이 사람을 살게 하는가

부부의 사랑

한가위 저녁, 한낮의 열기가 채 가시지 않았지만 어느덧 동그랗고 선명한 보름달이 떠올랐다. 친척들과 반가운 인사를 나누고 조상에게 예를 올리니 밤이 깊었다. 적막한 밤하늘의 달을 본다. 아무리 사람이 달에 다녀왔다고 해도 달은 여전히 신비로움을 품고 있다. 달을 보고 무언가를 기원하는 사람의 마음을 알 것만 같다.

동유럽의 설화를 바탕으로 만든 오페라 〈루살카〉에는 루살카가 달에게 바치는 노래가 나온다. 사랑에 빠진 여자의 심정이 절실하게 배어나는 아리아다. 물의 요정인 루살카는 왕자를 만나 사랑에 빠져 사람이 된다. 왕자 역시 그녀의 아름다운 외모에 반해 결혼을 약속한다. 그러나 왕자는 말을 못하는 루살카를 외면하고 결국에는 변심하여 그녀를 버린다. 버림받은 루살카는 왕자를 죽여야 다시 요정이 되지만 차마 그러지 못하고 곤경에 빠진다. 나중에 왕자는 마음을 되돌리지만 결국 루살카의 품에서 죽음을 맞이한다.

남녀 간의 사랑은 오래전부터 문학이나 영화 등 많은 예술 작품의 주제가 되어왔다. 그중에서도 비극적인 결말은 우리에게 사랑의 의미를 돌아보게 만든다. 서양의 많은 이야기들을 살펴보면 지고지순하며 죽을 때까지 변함없는 사랑을 가치 있게 여기는 것 같다. 이러한 점은 동양도 비슷하다. 동양에서는 남편을 먼저 저세상으로 보낸 여성들은 정절을 지키며 자식들을 잘 키우는 데 평생을 바쳐야 한다고 여겼다. 이른바 열녀가 된 여인을 이상적인 여인상으로 칭송하였다. 실제로 조선시대 많은 여인들이 정절을 지키며 살았는데 그들을 기리는 흔적은 지방마다 열녀문이나 효녀문 등으로 남아 있다. 그런데 변치 않는 사랑에 대한 의무와 책임감도 남녀 혹은 시대상을 따르는 것일까? 조선시대 남편들은 부인이 먼저 죽으면 거리낌 없이 다시 장가를 갈 수 있었다. 심지어 부인이 살아 있을 때도 축첩제도蓄妾制度 때문에 갈등을 겪었다. 남자의 정절에 대해서는 별로 이야기가 없는 것을 보면 당시 여성의 지위가 낮아서 인격적인 대우를 받지 못한 것 같다. 시집을 가면 친정을 찾는 것도 하늘의 별 따기였고, 많은 부조리를 감내해야 했던 여인들의 한이 우리 강산 곳곳에 쌓여 있을 것이다.

언젠가 주말에 산을 주제로 한 텔레비전 프로그램을 본 적이 있다. 간경화를 앓고 있는 남편과 자신의 간을 남편에게 반이나 떼어 준 아내가 계룡산을 함께 오르는 이야기였다. 생물학적으로는 남남이지만 그 모든 것을 뛰어넘는 아내의 사랑을 보여주는 아름다운 사연이었다. 수술 후 비록 남편은 합병증 때문에 말을 잘 못하는 상태였으나 서로 남남이던 남녀가 모여 이처럼 고귀한 사랑을 이룬 것이 몹시 감동적이었다. 같이 시청하던 집사람에게 슬쩍 물어보았다. "아무리 부부라도 저렇게 선뜻 아내가 남편에게 간을 줄 수 있을까?"라는 질문에 집사람은 "간은 자란다면서? 왜 못 줘? 줄 수 있으면 주는 거지" 하고 답했다. 나는 속으로 뜨끔했다. 반대 상황이라면 나는 어떻게 할 것인가 솔직히 고민하게 되었다.

일전에 어느 대학교수가 쓴 일간지 기고문에서 본 이야기이다. 고려시대에는 부인이 죽으면 비석 대신 관 안에 고인을 기리는 편지, 주로 고인의 공덕을 치하하는 글을 써서 넣는 관습이 있었다고 한다. 기고문에서는 그중 한 편지를 소개했는데, 부인의 죽음을 애달파하며 비통한 심정과 함께 부인과의 추억을 담은 남편의 편지였다.

부인은 남편이 중요한 관직에 오르자 축하의 말과 함께 "무슨 일이 있어도 당신이 하는 일을 전적으로 지지하고 어려움이 오면 같이 고통을 감수하겠다. 그리고 자식을 잘 기르겠다"며 의지를 전했다고 한다. 세상을 떠난 부인을 기억하며 부인과의 추억을 담아낸 편지는 800년이 지난 오늘날까지 사람들에게 큰 감동을 전하고 있다.

군의관으로 근무할 때 고급장교의 가족들이 전방에서 같이 생활하며 함께 고생하는 것을 볼 수 있었다. 부인은 자주 근무지를 옮겨 다니는 남편을 따라 힘든 생활에 적응해야 했다. 전쟁이 나면 자신도 싸우겠다던 어떤 부인의 말이 아직도 생생하다.

언젠가 진해에서 근무하는 현역 중급장교의 부인이 암 치료를 위해 진료실을 찾아온 적이 있다. 6개월 후에 다시 진료를 보니 간으로 전이가 많이 되어 있었다. 환자의 친정은 대구고 남편 근무지는 진해니 편안하게 치료받기가 어려웠을 것이다. 그래서 젊은 나이에도 요양원에 머물고 있었다. 대구에서 조속히 치료를 받으라고 소견서를 써주었다. 부부의 사정을 생각하니 몹시 안타까웠다. 짐작건대 아내가 남편의 근무에 지장을 주지 않으려고 그저 민간요법에만 매달린 것이 아닌가 하는 생각이 들었다. 힘든 상황에서 상대를 배려하고 부담을 주지 않으려는 모습이 아름답게 느껴지면서도 안타까운 마음을 지울 수 없었다.

두 남녀가 인연을 맺고 결혼이라는 결실을 맺을 때는 영원히 함께하겠다는 굳은 맹세를 한다. 그러나 세상을 살아가는 과정에서 안팎으로 많은 시련과 유혹의 순간이 다가온다. 마음속 맹세가 굳건할 때는 이런 어려움이 문제가 되지 않지만, 시간이 흐르고 처음의 마음들이 점차 퇴색하면 크고 작은 문제가 발생하기 마련이다. 사랑하는 사람들이라면 이렇게 다가오는 문제들을 함께 슬기롭게 이겨나가야 할 것이다.

바그너의 악극 〈니벨룽겐의 반지〉의 주인공 지그프리트는 사랑하는 여인 브륀힐데에 대한 기억을 잊어버리게 된다. 그는 하겐이라는 인물의 계략에 빠져 마법의 약을 마시고 브륀힐데를 잊고 다른 여자의 구애를 받아들여 결혼한다. 그러나 죽기 전 정신이 돌아온 그는 자기가 진정 사랑했던 그녀를 기억하고 죽음을 맞이한다. 브륀힐데는 자신들 사이를 비극적 운명으로 만든 하겐을 죽이고 사랑의 완성을 위해 자살을 선택하여 생을 마감한다.

인간은 나약하기에 수많은 유혹의 순간을 맞이한다. 우리 역시 인생에서 수많은 하겐을 마주한다. 그리고 그가 건네는 약을 마셔야 할지 말아야 할지 선택의 순간에 놓이곤 한다. 아마도 상대에 대한 배려가 부족하거나 부절제한 욕심 등이 마음을 흔들 때 하겐의 약은 우리를 찾아올 것이다. 그때마다 사랑의 믿음과 맹세로 유혹을 이겨내는 것이 중요하다. 특히 나처럼 인생의 황혼에 접어든 나이라면 세월의 흐름에 사랑이 퇴색하지 않도록 인생의 동반자를 잘 보살피고 격려하고 끝까지 지키려는 태도가 필요하다. 한순간이라도 크고 작은 유혹에 굴복해버리면 비극적인 결말을 맞을 수밖에 없다. 긍정적이든 부정적이든 사랑이 만드는 에너지와 그로 인한 반사작용은 너무나 크다. 그러니 내가 이루어낸 사랑에 대해 책임감을 갖고, 상대를 아끼고 지키려는 마음을 잃지 말아야겠다고 언제나 다짐한다.

경敬의 태도를 가진다는 것

창가에 조용히 앉아 있는 서너 개의 동양란이 어느 날 보니 서로 다른 꽃을 피워냈다. 옛말에 난꽃 향에는 은은히 몸에 배는 그윽한 맛이 있다고 했다. 그런데 바쁘다는 핑계로 향을 맡기는커녕 눈길 한번 제대로 못 준 것 같아 미안하다. 옛 선인의 정취를 이해하는 데는 한참이나 모자란 것 같다. 목표를 위해 달리고 성취해야만 한다는 강박관념에 따라 생활하다보니 스스로 격을 떨어뜨리는 것 아닌가 하는 생각이 든다.

인도 뭄바이의 암병원에서 젊은 인도인 의사 부부가 2주간 단기 연수를 왔다. 몇 년 전 내 밑에서 1년간 연수를 받은 인도인 의사의 제자인데, 그 인연으로 나에게 단기연수를 보내온 것이다. 성의가 고마워 열심히 가르쳤다. 힌두교도인 의사 부부는 철저한 채식주의자인데, 고기를 안 먹어도 아주 건강해 보였다. 평소에 같이 식사할 장소가 마땅치 않아서 주말에 인사동 사찰음식을 대접하니 아주 좋아했다. 그들은 불교도 힌두교에서 파생된 것이라고 설명해주었다. 부부는 인도의 북부와 남부 출신으로 쓰는 글씨가 서로 달랐다. 다양한 문화적 배경을 이해하게 되어 흥미로웠다. 또한 인도에서 가장 많이 발병하는 암은 구강암이라고 하는데, 그 이유는 어릴 때부터 씹는 담배 때문이다. 여자의 경우에는 자궁경부암이 제일 많다고 한다. 지역과 문화, 경제 수준에 따라 질병의 빈도 역시 차이가 난다.

40대 초반의 여성이 직장암으로 응급실을 거쳐 입원하였다. 환자는 아이 때문에라도 살고 싶다며 잘 치료해달라고 부탁했다. 나도 완치를 위해 최선을 다하겠다고 약속했다. 하지만 수술이 진행될 때까지 우여곡절이 많았다. 영상 진단 결과 직장과 구불 결장 경계에 있는 대장암으로 국소 진행이 되어, 주변 자궁과 림프절까지 많이 전이된 것으로 나타난 것이다. 더욱이 수술 전 방사선치료 및 항암 약물치료를 할 예정이었으나 정작 치료 전에 열이 나기 시작하여 다시 검사해보니 암 주변에 농이 고여 있었다. 불과 2주 사이에 대동맥 주변 림프절 등은 더욱 커져 있었다. 병이 빠르게 진행되고 있다고 판단했다. 결국 수술에 승부수를 띄우게 되었다. 수술 날짜는 신속하게 잡혔고 광범위한 수술이 진행되었다. 대장과 자궁 및 난소 주변, 대동맥 주변 등 전이가 의심되는 곳을 포함해 광범위한 림프절 절제술이 진행됐다. 농도 함께 제거되었다. 수술 후 환자는 빠르게 회복했고 걱정하던 암 주변과 대동맥 주변의 림프절 모두 암 전이가 없는 것으로 확인되어 큰 희망을 가지게 됐다. 모두들 기뻐했다. 결과를 들은 환자는 애들이 너무 보고 싶다며 눈물을 보였다. 옆에서 지극정성으로 간병하던 남편도 아이들에게는 엄마가 아프다고 말하지 못했다고 했다. 잠깐 외박을 허락해주었다.

한편, 요즈음 수술 후 합병증이 발생한 환자들이 늘어 힘든 나날을 보내고 있다. 외래 진료 후 병실 환자의 보호자가 면담을 위해 기다리고 있었다. 수술 후 합병증 때문에 환자는 더없는 정신적 피해와 경제적 부담을 갖게 되었다며 하소연을 했다. 이야기를 다 들어주고 회복을 위해 최선을 다하겠다는 말과 함께 심려를 끼친 것에 대해 사과했다. 아울러 퇴원할 때 힘든 상황에 대한 선처를 하겠다고 했다.

환자들은 병을 치료하기 위해 병원에 진료를 받으러 온다. 병 자체 때문에 위험한 시술이나 큰 수술을 받아야 하는 경우가 있고, 환자 상태는 이러한 치료를 받아야 함에도 기본적인 체력이 안 받쳐줘서 치료 결정을 하기 어려운 경우도 종종 있다. 또한 바라지 않은 결과가 나와 당혹스러운 때도 있다. 심각한 합병증으로 환자가 사망하는 경우 문제는 더욱 커지고 감당하기 힘든 일이 생기기도 한다. 이러한 문제가 발생할 가능성이 있기 때문에 수술 전에 충분한 설명과 함께 환자와 가족들의 동의서를 받기도 한다. 어쨌든 원하지 않은 일이 발생했을 때 합리적 해결이 필요한데, 이 과정에서 환자와 가족들의 이해와 더불어 의료인의 배려가 있어야 한다.

가끔 수술 전에 설명을 할 때 지나치게 합병증을 강조하여 환자나 가족들을 힘들게 할 때가 있다. 의사 측에서는 이러한 설명이 자기방어가 된다고 생각할 수 있지만 수술받는 쪽에서는 힘들 수 있다. 꼭 필요한 수술이나 치료인데 위험 때문에 치료를 기피하게 되거나 지나치게 과한 설명으로 환자나 가족들의 두려움과 공포가 배가될 수 있기 때문이다. 설명을 듣고서 가족들이 펑펑 우는 경우도 있다고 들었다.

의과대학에 들어오는 학생들이라면 의학적인 공부는 물론 지식과 경험을 쌓는 것 또한 기본이 되어야 한다. 그리고 나는 이에 더해 의료의 직업윤리를 넘어서는 그 이상의 가치를 추구하게 되길 바라본다. 과거 의술이 발달되지 않았을 때는 의사의 역할이 제한

적이었지만, 이제는 의학의 발달로 생명이 연장되고 의사의 역할이 더더욱 중요하게 되었다. 따라서 현대의 의사는 고도의 윤리적 직업의식, 더 나아가 이른바 유교의 최고 가치인 '경敬'의 태도를 가지고 임해야 한다고 생각한다.

같은 맥락으로 한 일간지에서 본 김우창 고려대 명예교수의 글이 생각난다. 우리 시대의 많은 안전불감증과 무책임함이 어떻게 치유될 수 있는지에 대한 답을 김 교수는 유교의 가치 즉 '경'에서 찾았다. 유한한 인생이 무한한 자연 앞에서 두려움과 경외심을 가지면 마음에서 자연스럽게 동기유발이 되고 임무수행에 앞서 두려움과 '경'을 갖고 임하게 될 거라고 본 것이다.

어려운 수술과 고위험도 시술이 많아짐에 따라 아마도 의료분쟁은 계속될 것 같다. 때로는 폭력과 폭언이 오고 갈 것이다. 이런 일이 반복되다보면 의료인들은 어렵고 힘든 수술을 더욱 꺼리게 될 수도 있다. 그러나 예상된 합병증이든 예상하지 못한 합병증이든 의료진이 이 문제를 환자와 공유하고 고민하며 아파하는 자세를 보이면 분쟁은 원만히 해결되지 않을까 생각한다. 또한 의료분쟁조정원이 노아의 방주에 등장하는 무지개처럼 의료진과 가족들에게 희망이 되었으면 하는 바람이 간절하다.

용서

일생을 살아가다보면 남에게 피해를 주기도 하고 받기도 한다. 그 가운데 서로 용서를 주고받기 마련이다. 의사 역시 환자와의 관계가 나빠져서 가해자와 피해자 관계가 되기도 하고 심한 경우 원한 관계로 악화되기도 한다. 대부분의 경우 처음부터 나쁜 관계는 아니었을 것이다.

오래전 이야기로 내가 조교수 시절, 그러니까 한창 중환자를 많이 보고 있을 때의 일이다. 우연히 같은 병원에 근무하는 치과대학 교직원의 모친 수술을 맡았는데 수술 후 원인 불명으로 혈액 검사 수치가 안 좋아지고 황달이 발생했다. 결국 경과가 나빠져 최선을 다했음에도 환자는 돌아가셨다. 예상치 못한 문제로 환자가 세상을 떠나게 되어 어쩔 줄 모르는 나에게 그 아들은 특별한 탓을 하지 않았다. 결과를 수용하고는 도리어 수고했다고 말했다. 그 일은 큰 관용의 기억으로 남았고, 이후 내가 의사로서 환자와 보호자를 대하는 태도를 가다듬는 계기가 되었다.

외과의사는 환자의 몸에 상해를 입힘으로써 병을 치료하게 되므로 다른 과보다 상대적으로 위험이 높다. 여러 가지 후유증이 발생하기도 하고 심지어 사망하는 사례도 있다. 때문에 어려운 상황에 직면하는 경우가 많다.

나 역시 그런 경험이 있다. 퇴원을 앞둔 환자가 갑자기 복막염으로 응급 재수술을 받았음에도 불구하고 회복이 안 되어 사망한 것이다. 보호자는 나의 멱살을 잡고 폭력을 행사하였고 시신은 보호자 신고로 국립과학수사연구원으로 보내져 부검이 이루어졌다. 그때 나는 서대문 경찰서에서 피의자 신분으로 밤새 조사를 받으며 힘든 시기를 보냈는데, 시간이 지난 후 보호자들이 합의해주어 사건이 마무리되었다. 의료사고의 원인을 정확히 아는 경우도 있지만, 그 원인을 정확히 밝히기 어려운 경우도 종종 있기 때문에 국립과학수사연구원에서 부검을 통해 의료과실 여부를 확인하는 경우도 가끔씩 생긴다.

직장암의 경우 수술 전 방사선치료를 여러 번 하고 이후 직장을 절제하여 건강한 대장을 항문에 연결한다. 그런데 가끔은 혈관의 이상소견이나 방사선치료 효과 때문에 연결된 대장이 혈액 순환이 되지 않아 수술 부위에 틈이 벌어져 새는 문합부anastomosis site협착이 발생하는 경우가 있다. 나에게 수술을 받았던 한 환자도 협착을 해결하기 위해 타 병원에서 재건 수술을 받았는데, 그 후 협착 합병증으로 의료분쟁조정원에 민원을 접수한 일이 있었다. 분쟁조정 신청 연락이 온 때가 마침 내가 낙상하여 왼쪽 발목을 수술받고 병상에 있을 때였다. 법무팀 직원이 병실에 들러서 이 사안을 어떻게 할 것인지 물었다. 대부분 의사들은 이러한 분쟁조정 접수를 법무팀에 일임하고 있으니 개인적인 대응은 없어도 된다고 했다. 곰곰이 생각해보니 환자는 피해자라고 생각해 억울함을 호소하기 위해 이러한 행동을 했는데 적절한 대응을 하는 것이 도리가 아닐까 생각되었다. 그래서 직원을 통해 내 진료소견과 의견을 서면으로 조정원에 전달하였고 나중에 적절한 합리적 보상이 병원 측과 보호자 간에 이루어졌다. 이후 의료분쟁조정원에서 이를 모범사례로 해도 되는지에 대한 문의가 들어왔다. 보호자에게서 이러한 대응을 해주어 감사하다는 연락도 받았다. 의사도 사람이기에 실수도 하고 설명하기 어려운 난처한 합병증이 생기기도 한다. 이러한 합병증을 겪을 때마다 내 소견과 경험이 아직도 부족하다는 생각에 스스로 더욱

채찍질하게 된다.

오늘 진료실에 만난 환자는 외과와 비뇨기과 합병증으로 고생하는 점잖은 신사분이다. 이제는 합병증 치료의 긴 터널에서 조금 벗어난 듯했다. 이 환자 역시 그동안 고통에 대한 적절한 배상을 병원 측에 요구한 상태이다. 진료를 마치고 그분이 웃으면서 한마디 했다. "수술 마무리 등은 전공의들이 많이 하죠?"라고. 주치의가 소홀했다는 것을 점잖게 표현한 것이다.

몇 년 전, 지방에서 올라온 환자의 수술이 있었다. 아침회의 때문에 병실 회진을 조금 늦게 돌고 수술실에 가려는데 보호자가 난리가 났다. 환자를 수술할 의사가 병실에 나와 있는 것을 보고 환자의 아들과 딸은 울고 있었다. 보호자는 서울 큰 병원에서는 시골 환자를 실험용으로 활용하고, 경험이 적은 전공의들 실습으로 사용된다고 들었다면서 엄청난 걱정을 하고 있었다. 당황한 내가 설명을 드렸다. 환자가 수술실로 들어가 실제로 수술을 시작하기까지 준비하는 시간이 걸린다고 말이다. 자세히 설명하느라 진땀을 뺐다. 어쨌든 앞으로는 오해를 살만한 행동을 하지 말아야겠다고 다짐했다.

환부를 도려내고 생명을 소생시키는 수술은 종합예술이다. 외과의사, 조수 의사들, 간호사, 마취의사 및 마취간호사, 첨단장비까지 모두 한 팀이 되어 팀워크를 발휘해야 완벽한 수술이 진행된다. 환자와 보호자는 의료진에 대한 신뢰와 믿음을 가져야 하고, 의료진은 막중한 책임감으로 최선을 다해야 한다.

돌이켜보면 내가 의사 경력을 유지하며 지금까지 지내온 것은 환자와 보호자의 이해와 용서가 있었기에 가능한 것이었다. 20여 년이 지나 지금은 성함도 기억나지 않는 그 치과대학 교직원의 관용 또한 마음속 깊이 간직한 채 지금도 그 뜻을 잘 새기고 있다.

그리스 시인 콘스탄티노스 카바피의 시 〈이타카Ithaca〉에는 이런 내용이 나온다. 이상의 섬 이타카를 향해 항해를 시작할 때 온갖 바다괴물과 풍랑, 난파 등 두려운 상황을 너무 떠올리면 목적지에 도착하지 못하니 용기와 신념을 가지고 항해하라고 말이다. 비록 외과의사의 길이 아무리 험난할지라도 환자의 생명을 존중하는 마음과 그 치료에 헌신한다면 그 목적지인 '환자를 살리는 섬'에 무사히 도착할 것이라 믿어 의심치 않는다.

말기암 환자를 대하며

비 온 뒤 떨어진 낙엽들이 보도 위를 어지럽히며 뒹군다. 기온이 뚝 떨어진 것을 보니 겨울이 머지않았음을 느낀다. 크리스마스까지도 이제 한 달 남짓 남았다. 병원 로비에는 크리스마스트리가 점화되었고 회진 때 마주치는 환자들 침상 옆에도 작지만 예쁜 크리스마스트리가 보이기 시작한다. 행복한 크리스마스를 기다리며 조금씩 마음이 설렌다.

진료실에서 만난 한 촌부의 거칠고 투박한 손과 느린 말씨에서 흙냄새가 느껴졌다. 그를 보면서 평범하고 정직한 삶이 얼마나 중요한지 배우며 다시 마음을 다잡고 진료를 시작했다. 오늘도 진료가 늦어져서 오후 두 시 반이 되어서야 끝났다. 환자들의 딱한 사정을 들어주어야 했기 때문이다.

미국 LA에서 온 교포 환자, 다른 병원에서 수술을 받고 재발한 환자, 약간의 우울증과 염증성 장 질환을 앓고 있는 어린 아들을 데리고 온 어머니, 암 수술을 받은 40대 후반의 총각 아들을 간병하는 연로한 어머니, 재발된 암으로 수술을 받은 남편을 간병하는 젊은 아내, 불과 몇 달 전 췌장암으로 남편을 잃고 본인마저 대장암이 재발해 절망에 빠져 나를 찾아온 환자까지……. 그들은 울면서 어떻게 해야 하는지 의견을 물었다. 이런 환자들의 사연을 듣다보면 깨닫는 것이 있다. 딱한 사연은 제각각 다르지만 그럼에도 모두 다 어떤 희망을 가지고 있다는 것이다. 그들은 이야기가 하고 싶었던 것 같다. 나는 단지 조용히 들어주기만 할 뿐이다. 그것만으로도 그들에게는 위안이 되는 것 같다.

암이 재발하고 진행되어 더 이상의 치료가 무의미하면 완화치료를 하게 되는데, 복막으로 재발되면 장이 막히거나 세뇨관이 막혀 시술이나 수술까지 받아야 할 수 있다. 여명餘命 기간 동안 삶의 질을 유지하고 조금 더 편안하기 위해서 하는 치료지만 이런 경우 통증이 큰 문제다. 암의 조기 발견이 늘고, 치료법이 발달한 덕분에 암 환자의 완치율이 높아지고 있다고는 하지만, 이제는 치료에 실패한 환자들에 대한 부분도 고려되어야 할 때라고 생각한다.

30대 후반의 주부가 암 재발로 인한 전이로 장폐색이 발생하여 장루를 만들었다. 그런데 정작 자신의 병세는 아랑곳하지 않고, 어린 아들 둘이 집에서 밥해 먹고 학교 다니는 것을 몹시 걱정했다. 특히 큰아들의 특목고 진학을 도와주어야 한다며 빨리 퇴원하게 해달라고 눈물을 흘리며 애원했다. 다행히 환자는 경과가 좋아서 원하는 날짜에 퇴원할 수 있었다.

60대 여자 환자는 대장암 수술과 항암치료 후 복막 재발로 인한 장폐색으로 고생하고 있었다. 더 이상의 치료는 의미 없다고 판정된 상태였다. 어렵게 수술을 결정하고 장루를 만들었지만 수술부위가 잘 낫지 않았고 소화장기와 피부 사이에 비정상적인 통로가 생겨 장기 내용물이 흘러나오는 장피 누공이 생겼다. 설상가상으로 욕창과 감염으로 인한 황달 기운까지 있었다. 아들은 조금이라도 어머니의 힘든 증상을 덜어주려고 수술을 의뢰한 것인데 합병증까지 생기고보니 더 이상 참기 힘든지 안락사라도 시켜드리고 싶다고 했다.

우리나라는 호스피스 병원이 많지 않다. 그러다보니 말기암 환자들의 경우 집에서는 치료를 할 수 없어 대개 병원이나 요양기관에서 임종을 맞이할 수밖에 없다. 이런 환자들을 위한 시설이 조금

더 생겨나길 바라는 마음이다.

60대 초반의 신사도 지난 5년간 직장암 재발로 고생을 많이 했다. 극심한 통증, 콩팥 기능의 저하, 세뇨관 폐쇄로 치료를 받아오던 환자는 재발한 암으로 장이 막혀 완화치료만 하다가 이번에 완화수술을 받게 됐다. 아직 가스가 나오지 않았지만 희망컨대 '음식을 조금이라도 드실 수 있었으면' 하는 바람이다. 이 환자는 현재 골반 신경 침범 때문에 한쪽 무릎 아래로는 감각이 없어서 잘 걷지도 못한다. 이 역시 통증 때문에라도 신경치료를 계획하고 있는데, 오랫동안 지켜본 환자라서 그런지 더욱 안타까운 마음이 든다. 아마 내가 의사가 아니었다면 큰 소리를 지르며 병원을 뛰쳐나갔을지도 모른다. 함께 회진을 도는 전공의에게 왜 의사가 되었는지 물었다. 평범한 대답이 돌아왔다. 안정적이고 존경받는 직업이라서 택했는데 이제 보니 참 힘든 직업이라고 말이다.

진행되거나 재발된 암의 치료 실패는 이렇게 환자와 가족에게 많은 고통을 주고, 그것을 주치의와 가족들은 바라볼 수밖에 없다. 지구상에서 유일하게 인간만이 이런 고통을 인지하고, 그 속에서 의미를 찾고, 언젠가는 나에게도 닥칠지 모르는 일이라는 것을 떠올리며 불안해한다. 인간이라면 누구나 그 고통을 외면하고 싶은 것이 솔직한 심정일 것이다. 그나마 다행인 점은 시간이 지나면서 망각이 고통을 치유한다는 것이다.

단지 이상일 뿐이라는 것 또한 잘 알고 있지만, 진정한 의술을 구현하려면 아마도 성직자와 같은 소명을 갖지 않으면 힘들 것 같다고 다시 한번 느낀다.

12월 24일의 응급수술

12월 24일 토요일, 병원에서 아침 연구회의 후 회진을 돌고 바로 본가로 가서 어머니를 모시고 가족모임에 나갔다. 이후 어머니와 함께 친척 병문안을 마치고 나니 어느덧 오후 여섯 시쯤이었다. 나름 바쁘게 지낸 하루였다. 그때 휴대전화가 울렸고 당직 전공의가 응급실 환자 때문에 나를 찾았다. 4년 반 전 직장암 수술을 받은 할머니인데 이틀 전부터 복통이 있어서 119를 타고 왔다는 것이다. 전화로 상태를 판단해보니 복막염과 그로 인한 패혈증쇼크였다. 직감적으로 바로 나가봐야겠다는 판단이 들면서도 '하필 오늘 아플게 뭐람' 하는 투정이 생겼다. 습관대로 바로 차를 몰았다. 크리스마스이브 저녁이지만 차는 막히지 않았다. 응급실에서 환자를 보니 숨이 넘어갈 정도로 힘들어하며 복통을 호소했다. 안색은 파리하고 저혈압에 상태가 많이 안 좋아 보였다. 환자의 가족들을 만나서 상태가 좋지 않다고 설명했다. 아들딸들은 서울에 살고 있고 할머니는 혼자 울진에 살고 있는데, 가족들은 지난 수술 이후 할머니를 한 번도 병원에 모시고 오지 않은 상태였다.

대장암은 수술과 항암치료가 끝나도 5년간은 주기적으로 검사하여 암의 재발 및 합병증 유무를 점검해야 한다. 가족들이 많이 권하고 도와주어야 가능한 일이다. 짐작건대 할머니는 자식들을 귀찮게 할까봐 병원에 가지 않겠다고 한 것 같았다. 할머니의 위급하고 심각한 상태를 가족들에게 알렸고 즉각 수술을 해야 하지만 환자 상태가 너무 안 좋으니 결과가 잘못될 수도 있다고 설명했다. 이런 가운데 가족들이 최선을 다해달라고 부탁해 환자를 수술실로 옮겼다. 마취를 하는데 환자의 혈압이 안 잡히면서 심장마비가 발생해 심폐소생술이 시작됐다. 다행히 약 3분 후 심장박동이 돌아왔다. 마취과 당직의사는 상태가 너무 위중하니 마취에 자신이 없다고 하면서 보호자에게 상태를 말한 후 포기하자는 의사를 비쳤다. 보호자에게 상황을 설명하자 수술하다가 돌아가셔도 좋으니 최선을 다해달라고 했다. 마취과의사들을 달래면서 개복했다. 대장 전체가 썩어 있어 악취가 났고 변이 가득 차 있었다. 다행히 조교수 한 명이 가족모임을 막 끝내고 수술을 도우러 들어와서 신속히 전 대장 직장 절제술을 시행하고, 패혈증의 원인을 제거했다. 마취과도 놀랄 정도로 수술이 진행되는 동안 환자의 혈압 등의 상태가 좋아지기 시작했다. 수술을 마치고 나오니 시계는 새벽 한 시를 가리키고 있었다. 환자는 수술 후 중환자실로 옮겨져서 치료를 받았다. 그리고 이틀만에 기계호흡장치를 떼고 대화할 정도로 회복되었다. 회진 때 할머니는 나를 보자마자 모습이 하나도 변하지 않았다고 하면서 "내가 죽어야 하는데, 자식들에게 폐를 끼쳐서 미안하다"는 말부터 했다. 이 마음을 자식들은 조금이라도 아는지…….

오랜만에 한 응급수술이었다. 그것도 가족들과 좋은 시간을 보내야 할 크리스마스이브에 말이다. 전임의들은 다들 연락을 받고도 못 온다고 말해 다소 섭섭했지만 어쩌겠는가. 다만 이것이 외과의사의 운명이면서 사명임을 그들이 알아주었으면 하는 바람이다.

아침 회진에서 환하게 웃는 할머니와 그 옆에서 간병하는 딸을 보니 좋았다. 인간의 소중한 생명을 다시 소생케 하는 고귀한 사명에 감사했고, 순수했던 초심을 다시 한번 돌이켜보게 된 기회에 감사했다. 또한 옆에서 항상 지켜봐주면서 이해해준 집사람에게도 감사할 뿐이다.

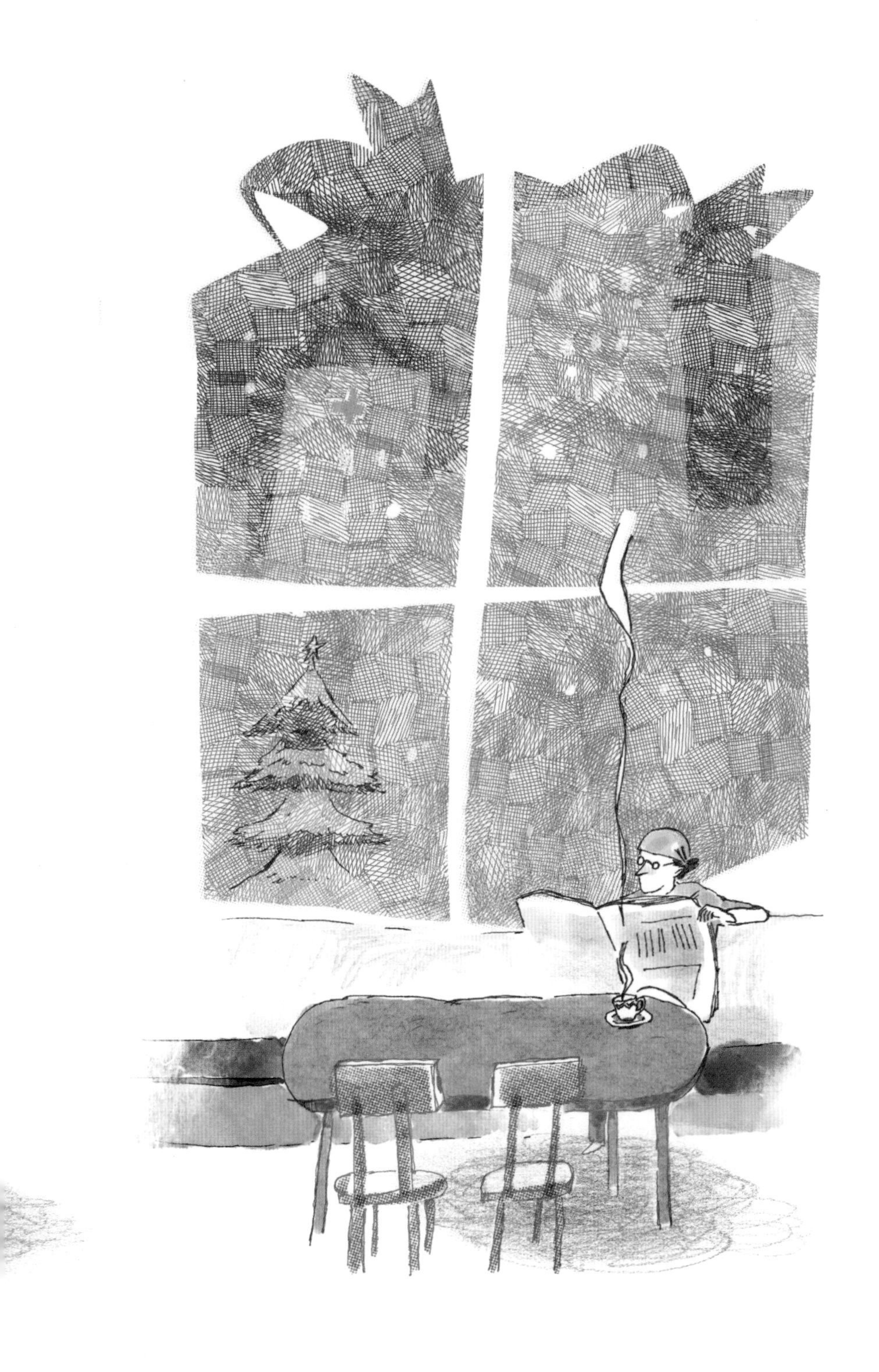

크리스마스는 예수의 탄생을 기억하고 기뻐하는 날이다. 종교적인 의미지만 외과의사이자 천주교인인 내가 비록 미사 참여는 못했을지라도 의미 있는 크리스마스를 보낸 것 같다고 생각한다면 지나친 자만일까?

사람의 인생을 보는 치료

이른 아침부터 비가 많이 내렸다. 캠퍼스에서 병원에 이르는 길은 오전임에도 불구하고 흐리고 어둑어둑하다. 길가에는 비로 인해 떨어진 낙엽을 쓸어 담는 아저씨가 벌써부터 부산히 움직이고 있다. 비 오는 이른 아침 캠퍼스의 모습이 정겹다. 오늘처럼 비가 많이 내리면 나뭇잎이 떨어져 길 위에 뒹구는데, 그 모습을 볼 때면 '조금 더 아름다움을 뽐내면 좋았을 텐데' 하는 아쉬운 생각이 든다.

젊고 늙었다는 것은 단지 시간의 차이지만 병은 나이와 상관없이 찾아온다. 한데 그 병이 암일 경우, 그것도 조금 더 아름다움을 뽐내면 좋을 젊은 사람이 진단받을 경우 환자의 충격은 어마어마하다. 그럴 때면 주변 가족까지 많이 당황한다. 어린 아이가 있는 가장, 미혼남녀 등을 진료실에서 마주하게 될 때면 이 사실을 어떻게 전해야 할지 나 역시 고민이 많다.

30대 중반의 미혼 여성이 대장암 수술 전날 입원했다. 그런데 장세척액을 마시자마자 복통을 호소해 엑스레이 사진을 확인했다. 결과는 장폐색 증세였다. 대장암이 장을 거의 막고 있어 장세척이 안되는 상태였다. 암으로 좁아진 부분을 넓혀 통변이 가능하게 하는 내시경적 시술인 일명 스텐트stent를 통해 장세척을 해야 하나 고민되었다. 그렇게 할 경우 시간은 흐르고 수술만 연기될 것 같았기 때문이다. 불안한 환자와 가족들은 나만 바라보고 있었다. 미혼이라 크게 상처가 남지 않게 복강경 수술을 계획했는데 복병이 생긴 것이다. 대장암으로 인한 장폐색증이 발생하면 인공항문인 장루를 할 가능성도 높다.

수술 당일에 마취 후 전임의 선생이 복강경으로 들여다보니 장폐색으로 인해 소장이 많이 부풀어 있고 에스결장암은 너무 크게 주변에 붙어 있어 개복해야 할 것 같다고 연락해왔다. 더구나 장세척이 잘 안 되어 있어 난감한 상황이었다. 최악의 경우 개복하여 상처를 길게 내고 장루까지 해야 할 상황이었다. 일단 개복하지 말고 기다리라고 지시한 후 회진을 빠르게 마치고 수술실로 들어갔다. 예상한 것보다 대장암이 컸고 좌측 난소와 복벽에 많이 붙어 있었

다. 그러나 환자 입장을 생각하기로 했다. 말없이 누워 있는 환자가 "최선을 다해주세요"라고 부탁하는 것 같았다. 수술은 복강경으로 진행했다. 주변의 림프절도 많이 커져 있어서 림프절을 포함해 암이 퍼져 있거나 있을 가능성이 있는 조직을 완전히 절제하는 근치적 절제술을 시행했다. 장세척도 안 된 상태에서 왼쪽 난소도 같이 절제하고 장 내용물을 잘 세척한 뒤 인공항문을 만들지 않고 장 문합을 시도했다. 이날은 사실 개인적인 약속이 있었는데 이 수술로 인해 약속 시간을 지키지 못하고 한 시간 늦게 참석하게 되었다. 외과의사와의 약속은 믿지 않는 편이 좋다.

저녁 수술 후 회진을 도는데 벌써 깨어난 환자가 웃으며 반겼다. 가족들도 많이 고마워하는 눈치였다. 환자는 나를 보자마자 "선생님 항암치료를 받아야 하나요?" 하고 물었다.

직장암 환자의 경우 방사선치료가 필요한 경우가 많은데 특히 미혼 여성 환자의 경우 되도록이면 난소의 위치를 골반에서 복부로 옮겨놓고 치료하여 난소의 기능을 살리려고 시도한다.

지금은 완치된 30대 초반의 주부 역시 직장암 치료를 받을 때 나이가 20대 중반이었다. 당시 수술 후 잘 회복되었지만 보조적인 방사선치료를 받아야 하는 상황이었다. 임신을 강력히 원하고 있어서 고민 끝에 방사선치료는 받지 않기로 했다. 그럼에도 5년 후 완치 판정을 받았고, 현재는 예쁜 딸아이의 엄마로 행복한 삶을 살아가고 있다. 반면에 직장암 치료를 마친 한 여대생의 경우 난소의 위치를 옮겼는데도 난소 기능이 저하되어 있어서 함께 걱정하고 있는 중이다.

지금은 미국 대학에서 교수로 근무하고 있는 과거의 어떤 환자는 박사 학위가 끝날 무렵 대장암이 발견되어 급하게 세브란스 병원으로 후송되어 왔다. 급하게 오는 바람에 가족들은 미국에 두고 온 상태였다. 당시 주변 장기로 침습이 진행되어 먼저 방사선 및 항암 약물치료를 한 후 수술을 진행했고 무사히 회복되었다. 그 뒤로 미국에서 학위를 마무리하며 항암 약물치료를 진행하기로 결정했는데, 미국으로 떠나기 전 진료실 바닥에 엎드려 큰절을 하는 바람에 당황한 기억이 난다. 그 당시 너무 고마워하여 나 역시 감동을 받아 울컥했다. 이제는 완쾌되어 가족들과 잘 지내고 있고 이따금 연락을 해온다.

이제 중년 후반에 접어든 나는 젊은 나이에 발병한 대장암 환자를 보면 일단 치료해주고 싶은 마음이 앞선다. 그리고 치료선택이나 결정에 많은 고민을 한다. 결혼, 왕성한 활동, 어린 자녀와 부인 혹은 남편, 연세 드신 부모님 등 여러 가지가 머릿속에 떠올라 결정을 힘들게 할 때가 있다.

젊은 남녀에게 암이 발생하면 나이든 환자보다 안타까운 것은 아직 살아갈 날이 더 많기 때문이기도 하지만 젊은 사람들의 경우 너무 많은 변수가 작용하기 때문이기도 하다. 이미 약혼자가 있거나 결혼하고 갓난아이가 있는 상태라도 암이 발병해 안타깝지만 헤어지는 경우를 종종 본다. 반대로 미혼인 여교사가 대장암 치료를 받은 후에 남자친구를 사귀다 재발했지만 함께 병을 이겨내고 결혼까지 골인한 경우도 있다. 그 환자는 현재는 재발하지 않고 잘 살고 있다.

대장암이 급증하고 있는 우리나라는 특히 젊은 연령층의 대장암 발병 비율이 높은 것으로 조사되었다. 서구식 식생활, 지나친 음주, 흡연, 비만, 운동부족, 과도한 스트레스 등이 원인으로 지적되고 있다. 잘 알려진 위험요인을 피하는 것은 대장암 예방의 한 방법이다. 어릴 때부터 부모가 가끔씩 식단이나 생활습관 등을 체크해주면 어떨까 생각한다.

아침 회진에서 만난 환자가 벌떡 일어나 상처 부위가 아프다고 엄살 부리는 것이 귀엽게 느껴진다. 어제 수술이 조금 힘들었지만 쉬운 방법을 택하지 않고 환자에게 조금 더 도움이 되는 방법을 택했던 스스로에게 칭찬해주고 싶다는 조금은 건방진 생각마저 들었다.

저마다의 사연

환자를 치료하다보면 질병만 보면서 치료하는 것이 어쩌면 더 쉬운 것 같다. 사연이 있는 경우는 의사도 많은 부담을 안게 되고 그 상황에 안타까워한다. 더구나 재발암을 수술하는 것은 외과의사로서 부담이 많이 된다. 대부분 수술 범위가 크고 시간이 많이 걸리며 다른 분야 교수들과 협의진료로 수술을 해야 하는 합병증 위험이 높은 수술이기 때문이다. 내가 수술한 환자가 재발하여 재수술하는 경우도 있지만, 타 병원에서 수술 및 항암치료 후 재발하거나, 후배나 선배가 수술한 환자가 재발하여 다시 수술하는 경우도 종종 있다.

내 은사였던 외과 명예교수의 사모님은 본인도 의사인데, 5년 전 대장암 수술을 받고 이후 간, 림프절 재발에 대한 방사선치료와 항암 약물치료를 받느라 고생이 많으셨다. 그러다 이번에 두 번째 대동맥 주변 림프절 재발이 발견되었는데, 이미 방사선치료와 수술을 받은 후라 재발 부위를 외과적으로 잘라내기가 어렵다고 판단되었지만 고심 끝에 수술을 결심했다.

대동맥 좌측에 재발이 의심되는 림프절을 절제해야 할 사항이어서 수술 전에 미리 치밀하게 계산하고 들어갔다. 하지만 유착이 심했고 제거해야 할 림프절과 신경 부분이 방사선치료 후라 조직의 섬유화 상태와 구별이 안 되었다. 더구나 주변의 장 유착이 심하고 대동맥이 들리면서 출혈되어 지혈하는 데 애를 먹었다.

수술을 마치고 퇴원한 환자가 처음 외래를 찾았다. 오전에 양전자 컴퓨터단층촬영PET-CT을 했고, 수술이 잘되었는지 수술 담당자인 내가 명예교수와 사모님 앞에서 심판받는 날인 것이다. 검사 결과를 핵의학과 교수와 전화 통화로 확인했는데, 재발된 림프절이 모두 제거된 것 같다고 통보를 받아서 정말 기뻤다. 만일 남아 있었다면 환자를 고생만 시키고 효과는 없는 수술이 될뻔했다. 곱게 화장한 환자가 환하게 웃는 미소를 볼 수 있어 다행이었다.

대장암이 재발해 수술 후에 입원하고 있는 어떤 목사님은 진단 당시 간 전이가 있었으나 항암 약물치료 후 치료 반응이 좋아 수술을 받았다. 이후 재발 방지를 위해 힘든 항암 약물치료도 잘 받았으나 1년 후 간, 골반 림프절 재발로 또 수술을 받았다. 중년 후반인 목사님은 본인의 암 발병 전에 그 딸이 먼저 유방암으로 치료를 받고 있었다. 딸 역시 암이 재발해 목사님의 마음고생이 심했고, 가끔씩 치료와 관련해 의사들을 원망했다. 그때마다 위로를 했는데, 가족들의 보살핌에도 불구하고 딸은 먼저 하늘로 떠나게 되었다. 딸 생각에 많이 힘들어하던 목사님은 수술 전 잘 부탁한다고 말했다. 인간적인 고뇌가 깊이 들어간 부탁인 것 같았다. 재발된 암은 수술한 부위가 넓고 수술 전 항응고제를 복용하여 위험인자가 많았다. 수술 후에도 경과가 순조롭지 않고 더뎌서 걱정이었다. 회진 때마다 병실에서 환자의 옆을 지키는 부인과 늙은 어머니를 뵐 때마다 송구하기가 이루 다 말할 수 없었다.

항문암이 재발되어 조직검사 후에 수술 예정인 한 스님은 나를 보면 항상 합장하며 인사를 했다. 스님은 조직검사 전 한잠도 못 자고 안절부절못하며 심한 정서불안 상태를 보였는데, 때마침 마주친 때에 고개를 침상에 박고 울고 있었다. 불가에 귀의하여 모든 세속의 번뇌를 잊어버리고 중생을 불가의 가르침으로 인도해야 하는 성직자지만 병마가 스님도 무너뜨리는구나 하는 생각을 떨칠 수 없었다. 회진 때 어떤 말로 위로하기보다는 그저 잠시 같이 있어주고 병은 치료될 수 있으니 안심하라는 말을 건넨 게 전부였다. 며칠 후 병실에서 방사선과 항암 약물치료를 받고 있는 스님을 마주쳤는데 많이 안정된 것 같아 보였다.

인간은 부모에게서 육신肉身을 받고 태어나 세상을 살아간다. 몸이 힘들고 아프면 영靈도 병이 들어 하고 싶은 일을 못하게 된다. 그렇기 때문에 살아가는 동안 영육靈肉이 조화를 이루도록 관리하고 이해하는 노력이 절대적으로 필요하다고 생각한다. 어느 한쪽이 우위에 있는 것이 아니라 서로 깊이 얽혀 있어 분리할 수 없는 관계라는 것을 병원에 있다보니 자연스럽게 느끼고 경험하게 된다.

앞서 사례처럼 인간의 영혼을 구하는 성직자들도 육체의 병 앞에서 많이 약해지고 무너지는 모습을 볼 때가 종종 있다. 영과 육신이 모두 강건하고 함께 조화를 이룰 때 우리 삶은 더욱 빛나는 것 같다. 세 명의 환자는 그런 의미에서 나에게 많은 것을 느끼게 해주었다.

질병을 고치고, 마음을 헤아리고,
사회를 바꾼다

2년 전 다녀온 미국학회는 대서양에 인접한 리조트에서 열렸다. 시원한 대서양의 파도를 발아래 두고 일출도 감상하는 좋은 시간이었다. 미국학회가 끝나자마자 러시아 모스크바로 이동해 학회에 참석했다. 일정 중 잠시 시간을 내 크렘린 궁전에서 동방정교회 성당을 둘러보았다. 성당 내부는 아주 어두웠다. 천장에만 햇빛이 들어오는 구멍이 있고 사방이 막혀 있어 과거에는 아마도 촛불에 의지해 미사를 드렸을 것 같다. 벽에는 성경에 나오는 이야기를 표현한 프레스코 벽화가 장식되어 있었다. 특별히 이콘icon 이라는 독특한 성화 양식이 눈에 띄었다. 이콘 양식은 주된 소재가 예수님과 성모마리아의 모습으로, 그림에 화려한 장식을 하는 것과 입체감이 두드러지는 것이 특징이다. 금이나 보석을 사용한 장식은 당시 부유한 신자들의 신앙심을 대변하는 것 같았다. 반면에 로마가톨릭 성당의 내부는 빛이 잘 들어오고 형형색색의 스테인드글라스로 화려하게 장식을 하는 것이 특징이다. 성상과 제단 역시 화려한 편인데, 러시아의 성당은 좀 다른 느낌이었다. 러시아 특유의 어둡고 추운 환경과 어우러지며 그들의 문화와 신앙심을 잘 드러내는 것 같다.

한동안 지방선거와 현충일 등 징검다리 연휴를 지나며 유난히 긴 휴일을 보낸 것 같은 느낌이다. 연휴기간 동안에 여행을 가는 사람들이 많아서인지 고속도로는 붐볐지만 서울 시내는 오히려 한산한 모습이다. 호국 영령을 생각해보면 현충일만큼은 조용히 보내야 하지 않을까 하는 생각도 해본다.

연휴 중 이른 아침에 고요한 암병원을 회진하며 우연히 건물 앞에서 한 환자와 마주쳤다. 내 환자는 아니었지만 내가 치료한 환자의 부탁으로 한 번 본 적이 있는 젊은 환자였다. 위암 말기인데 자녀가 둘이나 있는 여자 환자이다. 이미 암이 진행된 상태에서 발견되어 항암 약물치료를 받다가 장이 막혀서 변이 내려가도록 하는 수술을 받았다. 그 뒤 합병증이 생기는 바람에 생사를 헤매는 것을 보았다. 다행히 이제는 많이 회복되어 남편이 밀어주는 휠체어에 몸을 의지한 채 병원 이곳저곳을 다니고 있었다. 몸이 바짝 말라서 피골이 붙은 상태에다 삭발까지 한 모습이었지만 그래도 전보다 좋아진 것 같아 기뻤다. 식사는 좀 하냐고 물었더니 죽을 먹는다고 했다. 대답하는 얼굴에 잔잔한 웃음꽃이 피어났다.

어린아이 머리만큼 큰 후복막 종양을 수술한 40대 초반의 여자 환자가 있다. 수술 후 첫날 회진할 때 보니 나이 든 분께서 옆에서 수발을 들며 묵주기도를 하고 있었다. 어머니가 딸의 회복을 위해 간절히 기도를 드리는 것 같았는데, 알고 보니 시어머니와 며느리 관계였다. 직장 때문에 간병하기 어려운 남편을 대신해 시어머니가 간병을 하는 것이었다. 무심코 환자에게 친정어머니에 대해 물으니 담담한 표정으로 몇 년 전 직장암으로 돌아가셨다고 대답했다. 순간 아차 싶었다. 시어머니가 지극정성으로 며느리를 딸처럼 보살펴주고 간절하게 기도를 올리는 모습을 보니 참으로 훌륭한 어머님이라는 생각이 들었다. 비록 친정어머니는 일찍 돌아가셨지만 그에 못지않은 시어머니의 사랑을 보니 감동적이었다. 조직검사가 좋은 쪽으로 나왔으면 하는 바람이다.

한낮의 열기가 물러가는가 싶더니 어느덧 주변이 어둑해지고 천둥이 치면서 굵은 빗줄기가 교수실 창문을 두드린다. FM라디오에서는 슈베르트의 피아노 음악이 흘러나오는데, 시원한 빗소리도 놓치고 싶지 않아 이어폰을 한쪽에만 끼고 있다. 욕심이 많은 것 같다.

암 진단을 받고 5년이 지나 정밀검사 후 완치 판정을 받은 환자에게 장미 한 송이를 선물했다. 환자와 보호자는 뜻밖의 선물을 받아서인지 놀라면서 크게 기뻐했다. 대장암센터에 근무하는 간호사들과 이야기하던 중 나온 아이디어를 오늘 실천해본 것이다. 치료를 종료하고 완치된 지 10년 된 환자도 방문했다. 오랜만에 활짝 핀 얼굴을 보니 좋았다. 그러나 여전히 암이 발견되어 진료실을 찾는 환자들이 있고, 다른 병원에서 치료에 실패하고 오는 환자들도 있다. 다들 절박한 상태에서 이곳을 찾는다. 그래서 한 사람 한 사람에게 충분히 설명하고 되도록 안심을 시키고 싶은 마음이 크다.

군 제대 후 복학한 이제 22세의 대학생 환자가 어머니와 함께 진료실을 찾았다. 환자의 어머니는 아들 옆에서 눈물을 흘리고 있었다. 복통으로 집 근처 대학병원 응급실로 내원하여 검사를 받은 결과 청천벽력 같은 소식을 듣고 급히 암병원을 찾은 것이다. 대장암이 커서 대장 내강이 좁아져 있었는데, 이미 먼저 병원에서 암이 다 퍼졌다는 이야기를 들은 모양이었다. 시간이 좀 걸리더라도 가지고 온 검사 결과를 찬찬히 살펴보기로 했다. 도중에 환자와 농담도 하고 이런 사례가 드물지 않다는 것을 보호자에게 이야기하며 유전은 아니라고 안심시켜주었다. 진단 결과 간에만 전이가 의심되고 다른 곳에는 전이가 없어 곧바로 간담췌외과장에게 연락하여 간 절제가 가능한지 진료를 받게 해주었다. 그 후 대장암과 간 전이에 대한 수술을 함께 진행하도록 날짜를 정했다. 어머니는 계속 울었고 아들은 생각보다 덤덤한 표정이었다. 그러나 어머니 앞에서 애써 의연한 모습을 보이려고 한다는 것을 알 수 있었다.

여수에서 올라온 또 다른 대장암 환자의 부인은 설명을 잘해주어도 의문이 많은지 걱정스러운 눈빛을 거두지 못하고 계속 쳐다보았다.

두 시쯤에야 오전 진료를 마치고 암병원 문을 나서는데 웬 중년 부인이 반갑게 인사를 건넸다. 누군가 하고 보니 10년 전 암치료를 받고 이후 재발로 고생을 많이 한 환자였다. 오랜만이라 얼른 알아보기는 어려웠지만 특유의 또렷한 눈망울을 보니 금방 기억이 났다. 친정어머니와 함께 병원에 오던 기억이 어렴풋이 난다. 한동안 외과에 방문하는 일이 없어 까맣게 잊고 있었는데, 암을 극복하고 매우 건강해 보이는 환자의 얼굴에는 기쁨과 감사의 모습이 잘 드러났다. 그동안 재발하지 않고 잘 지내온 것에 감사한 마음이었다. 방사선치료와 수술 후유증으로 콩팥에 관을 넣는 불편이 생기긴 했지만 완치의 기쁨을 누리며 살게 된 것이다.

많은 암 환자를 진료하면서 젊은 환자의 고운 얼굴이 힘든 항암치료로 인해 생기를 잃어가는 것을 보게 된다. 항암치료를 하면 피부가 상하고 노랗게 변하며 입은 바싹 타들어간다. 젊은 환자들이 암 진단을 받을 때마다 앞으로 겪게 될 이러한 힘든 과정이 눈앞에 겹쳐 보인다. 그럼에도 많은 환자들이 완치의 희망을 갖고 참고 인내한다. 그런 의미에서 앞서 이런 과정을 경험하고 이겨낸 사람들의 존재는 매우 중요하다. 먼저 힘든 과정을 이겨낸 이들을 보고 다른 환자들 역시 암을 이겨나가는 희망을 얻으니 말이다.

진료 후 다년간 직장암으로 투병하다가 세상을 떠난 환자의 미망인을 만나기로 했다. 남편의 투병 과정을 지켜보고 간병했기에 다른 암 환자들을 위해 자원봉사를 할 수 있는 기회를 찾고 있다고 했다. 고통받는 암 환자를 위해 자신의 경험과 재능 그리고 귀중한 시간을 쓰고 싶다고 기꺼이 봉사 의지를 밝혔다. 너무나 감사한 마음에 간호사에게 연락해서 봉사가 가능한 부분들에 대해 소개를 받도록 해주었다. 많은 사람들의 자발적이고 순수한 동기와 참여가 암 투병 중인 환우들에게 큰 힘이 될 것이 분명하다.

오늘 하루 동안 오랜 투병 후 세상을 떠난 환자의 미망인이 암병원 자원봉사를 청하고, 건강을 찾은 과거의 환자를 우연히 만나는 축복의 일이 일어났다. 늦은 점심을 혼자 먹으면서도 피곤함이 전혀 느껴지지 않았다. 마음 속에서 잔잔한 기쁨이 솟아오르고 있음을 느꼈다. 보잘것없는 인간일 뿐인 내가 이런 일을 할 수 있어 감사한 마음밖에 없다. 지적 호기심에서 열정으로, 그리고 이제는 소명으로 남은 임무를 수행하고 싶다는 생각을 가져본다.

문득 정신을 차려보니 교수실 안 라디오에서는 피아노 소리가 흘러나온다. 이제 비는 그친 것 같다. 학생 때 교수님께 배운 '소의小醫는 질병을 고치는 의사이고, 중의中醫는 사람의 마음을 고치는 의사이며, 대의大醫는 사회의 병까지 고치는 의사'라는 이야기가 생각난다. 아무래도 중의 수준까지 도달하기도 너무 어려운 것 같다. 그러나 하루하루 본분을 다하려고 노력한다면 내 주변의 어둠을 밝히는 데 조금이나마 힘이 되지 않을까 생각한다.

세계 병자의 날

'세계 병자의 날'은 가톨릭 의료기관이 질병으로 고통받는 환우와 그 가족에게 그리스도의 사랑을 전하고, 의료인과 봉사자들이 더욱 큰 보람으로 헌신하도록 격려하는 날이다. 1992년 교황 요한 바오로 2세는 매년 2월 11일을 '세계 병자의 날'로 제정하며 이렇게 이야기했다.

"고통 중에 있는 형제가 누군가의 도움을 받고 그 고통에서 헤어날 수 있다면 그 고통은 서로의 사랑을 체험할 수 있는, 실로 하느님의 큰 선물이 될 것이다. 그리스도의 고난을 채운다 함은 바로 이렇게 누군가의 고통을 함께 나누는 것이다. 이때 우리는 그리스도 안에서 혈연 이상의 형제자매가 되어 하느님께 영광이 될 것이다."

나는 이 글을 즐겨 보는 책 앞 장에 붙여놓고 시시때때로 음미하며 마음을 다잡곤 한다.

2월 11일은 환자를 수술하고, 12일은 외래 진료를 보았다. 구정 연휴 직후라 그런지 환자가 많아서 오후 세 시가 되어서야 진료가 끝났다. 유난히 어려운 환자가 많아 나름 신경을 써서 조치해주고 싶어 점심도 거른 채 진료를 보았다.

처음 진료 때부터 이미 대장암이 많이 진행되어 수술하지 못한 중년의 여자 환자가 진료실에 들어섰다. 여러 가지 항암제로 치료받다가 반응이 없어 보험이 안 되는 고가의 약을 복용하는 환자였다. 약값만 한 달에 천만 원 정도 들어가지만 독성이 있어 부작용이 심하고 치료 여부는 미지수이니 난감한 상태였다. 경제적으로 넉넉지 않아 보였는데 해줄 것이 없어 그저 치료 잘 받으라고 격려만 해주었다. 그게 고마운지 환자와 보호자는 환히 웃으면서 진료실 문을 나섰다.

근 5년간 직장암의 재발로 다른 병원에서 치료를 받았음에도 불구하고 다시 재발한 환자를 사위와 딸이 모시고 왔다. 복사해온 진료기록이 전화번호부만큼 두툼했다. 짧은 시간 내 능력껏 살펴보고 요약하여 진료방침과 추가 검사항목을 정해주었다. 이전 병원에서 보험이 안 되는 고가 항암제 사용을 권해서 자세한 내용이 듣고 싶어서 방문했다고 했다.

대장암이 복막과 난소에 전이되어 항암제치료를 받고 있던 50대 부인이 응급으로 외래 진료를 찾았다. 난소에 전이된 암과 대장암을 제거할 목적으로 수술을 기다리고 있었는데 배가 아파 응급으로 온 것이다. 복부 진찰 소견으로는 난소에 전이된 암이 빠르게 커져 복통을 유발하고 있어서 수술 날짜를 가장 빠르게 당겨놓았다.

마지막 순서로 들어온 환자는 딸과 함께였다. 70대 초반의 여자 환자는 대기 시간이 길어서 지친 기색이었지만 불평은 하지 않았다. 딸은 가족의 딱한 사정을 이야기하면서 신속히 잘 치료해주길 부탁한다고 말했다. 환자의 남편은 말기 위암으로 투병 중이고, 아들은 최근 뇌출혈로 쓰러져 수술 후 환자가 간병하고 있던 중이라고 했다. 환자는 빨리 치료를 받고 아들을 돌봐야 한다고 눈물을 보였다. 기막힌 가정 상황을 듣고 환자에게 신속히 수술하고 완쾌시키겠다고 어깨를 두드리면서 위로해주었다. 수술 스케줄에는 들어갈 자리가 없었지만 억지로 끼워 넣을 곳이 있는지 찾아보았다. 진료 업무를 도와주는 간호사 선생이 한마디 했다. "선생님은 외래 보는 날까지 수술하시는데 이렇게 끼워 넣으시면 너무 힘들지 않으세요?"라고. 나 또한 왜 힘들지 않겠는가. 하지만 이렇게 애쓰는 것이 환자의 고통을 같이하고 공감하는 나름의 노력이라고 생각한다.

외래 진료 때는 천차만별의 환자를 상황에 맞게 이해하고 적절한 대처를 찾아주는 것이 내 역할이다. 그러나 짧은 시간에 너무 많은 환자를 마주하다보면 스스로가 과연 잘하고 있는지 궁금할 때가 있다.

어릴 때 읽은 동화책 《성모의 곡예사》가 생각난다. 수도원에 하찮은 일만 하는 수사가 있었다. 많이 배운 수사들은 성경을 필사하거나 하느님을 위해 많은 일을 하는데, 이 수사는 배운 것이 없어 허드렛일만 하고 있었다. 어느 날 수사는 하느님을 찬미하는 방법을 고민하다가 성모상 앞에서 매일 자신의 특기인 곡예를 보여주기 시작했다. 매일 밤 없어지는 수사를 수상히 여긴 수도원장과 다른 수사들이 그를 몰래 미행하였다. 수사는 야심한 시각에 성당에 들어가더니 난데없이 성모상 앞에서 곡예술을 펼치기 시작했다. 놀란 원장과 일행이 성당에 들어서는 순간 기적이 나타났다. 성모상이 움직이더니 땀으로 범벅된 수사의 얼굴을 닦아주는 것이었다. 이를 목격한 이들이 그 자리에 모두 엎드리는 장면이 지금도 생생하게 기억난다. 자신이 가진 것을 진심으로 하느님께 보이고 봉헌하는 것은 비록 그것이 남이 보기 하찮은 것이라 할지라도 하느님께서는 가장 귀하게 여기신다는 것을 일깨워주는 동화이다. 이 동화는 지금까지 나에게 깊이 각인되어 있다.

진료실에서는 빠른 시간에 정확히 치료 방향을 결정하거나, 필요한 경우 다른 검사를 진행하는 일, 협의진료가 필요한 경우 조속히 관련 과를 연결해주는 일 등이 환자와 보호자를 위한 중요한 일이다. 이 과정에서 환자들에게 충분한 공감을 보여야 하고 수술이 결정된 경우는 최대한 빨리 수술 날짜를 정해주는 것 또한 필요하다. 이러한 모든 부분을 충족시키기 위해서는 의사와 간호사, 병원의 시스템 등이 받쳐줘야 할 것이다. '세계 병자의 날'을 맞이하여 나에게 이런 깨달음과 환자에 대한 봉사의 마음을 다질 수 있었던 기회에 다시 한번 감사하다.

살구나무 숲

의과대학에 다니던 시절, 지금은 고인이 된 미생물학과의 유준 교수님께서 칠판에 크게 "행림지업杏林志業"이란 글을 적어 설명하시던 기억이 생생하다. 나병 환자 자립을 위해 애쓰는 등 사회적 활동도 많이 하던 교수님께서는 당시 이 글이 가진 뜻을 몇 번이고 강조하셨다.

어제 외래에서 환자를 진료하다가 우연한 기회가 있어 학생들에게 이 뜻을 설명해주었다. 최근에는 환자의 병세를 살피고 검사 결과를 보고 치료 계획을 세우는 데 학생들을 참관하게 하고 있다. 이날은 전부터 다니던 환자가 충북 음성에서 인삼 농사를 짓고 있는데 재배한 인삼 중 좋은 상품을 한 상자 챙겨서 가지고 오셨다. 감사의 표시로 내게 선물한 것이다.

학생들 앞에서 인삼을 받은 후 환자와 보호자가 진료실 밖으로 나가자 행림지업에 대한 이야기를 들려주었다.

“옛날 중국의 어느 의원이 진료를 받고도 형편이 어려워 진료비를 내지 못하는 환자들에게 돈 대신 집 주변이 허전하니 살구나무 묘목이나 심어달라고 요청했지. 수십 년이 지나자 의원의 집 주변은 온통 살구나무 숲으로 변했고 그의 인술을 기리는 뜻에서 이 말이 생겨났다고 한다.”

외래 진료 때는 수술을 받은 환자나 보호자가 고마움에 대한 표시로 직접 재배한 농작물을 무겁게 가지고 오실 때가 있어 감사하기도 하고 송구하기도 하다. 진료비를 내고 진료를 받았는데도 고마움을 표현하고자 이러한 촌지를 가지고 오시는 것이다.

오늘날 의사에게 그 옛날 중국의 의원과 같은 행림지업은 어렵겠지만, 환자와 보호자의 여러 가지 어려운 상황을 헤아리고 도와주고 격려하는 것은 또 다른 의미의 행림지업이 아닐까 싶다. 의사로서 환자와 가족들에게 따뜻한 마음을 전하는 것만으로도 수십 년 후 그들의 마음속에 살구나무 숲을 가지게 되는 것 아닐까 생각한다.

유난히 치료에 감사하는 부인이 있었다. 자신의 마음을 어떻게 전할지 노심초사하고 있는 듯했다. 회진이나 퇴원 후에도 치료에 대한 감사를 정중하게 표하고 진정으로 대하는 것이 보였다. 급기야 여수에서 광어회가 큰 접시로 5개가 공수되어 왔다. 미리 언질이야 받았지만 그래도 갑작스러웠다. 신선 제품이라 수술실 병실, 외래, 의국으로 전달되어 그 고마움을 여러 사람이 두루 잘 전달했다. 막상 나는 회 두 점을 외래 간호사 선생이 챙겨주어 먹었고 급히 수술실로 발걸음을 옮겼다.

성경에 보면 예수님이 나병 환자 열 명을 치료해주신 대목이 나온다. 그런데 완치되고 감사의 말을 전하러 온 사람은 오직 사마리아인 한 사람이었다. 치유받은 그는 큰 소리로 하느님을 찬양하며 예수의 발 앞에 엎드려 감사했다. 예수께서 물으셨다. "이 외국인 말고는 아무도 하느님께 영광과 감사를 드리지 않는가? 나머지 9명은 어디 갔느냐?" 물론 예수님이 감사의 인사를 받기 위해 환자들을 치료한 것은 아니겠으나, 감사의 마음을 표현하는 것이 서로의 마음에 온기를 더하기에 하신 말씀이 아닐까 싶다.

의사로서 내가 받는 감사 역시도 의료진을 대표해서 받는 것이라고 생각하고, 무엇보다 병을 낫게 해주신 하느님께서 들을 말을 대신 들었다고 여긴다. 다시 생명의 힘을 가지고 일상생활을 시작할 수 있고, 청명한 하늘을 육체적 고통 없이 편안히 바라볼 수 있고, 사랑하는 사람과 이야기 나눌 수 있고, 걷을 수 있고, 먹을 수 있는 평범한 하루 그 자체에 대한 거룩한 감사일 것이다.

병원에 근무하다보면 감사의 표시를 말로든 물질적인 것이든 자주 받게 된다. 특히 젊었을 때 촌지를 자주 받다보면 어느덧 기대하는 마음까지 생기게 되고, 안 주는 사람은 차별을 할 수도 있겠구나 하는 위험한 생각이 든 적도 있다. 그래서 금전을 받을 때는 항상 남을 위해 쓰고자 한다. 한때는 이러한 촌지를 모아 돈이 없는 환자 대신 몰래 원무과에 입원비를 납입한 적도 있다.

나이가 들어서는 촌지를 선교 센터나 필요한 사람을 찾아 주고 있다. 환자가 표시한 고마움을 필요한 곳에 사용해 내 소명을 충실히 하는 것이 도리라고 생각된다. 물건으로 받을 때는 주변 의료진에게 바로 나누어주고 남은 몇 개만 집에 가져가곤 한다. 나누는 것이야말로 소중하다고 느끼기 때문이다.

가끔 집사람이 친구나 친척을 만나고 오면 내가 명의이기 때문에 촌지가 엄청나지 않느냐는 말을 듣는다고 한다. 그러나 집사람은 나로부터 받은 것이 거의 없으니 전혀 아니라고 한단다.

이런 나의 성향은 어머니를 닮은 것 같다. 어머님이 따로 혼자 사실 때 어쩌다 맛있는 것을 갖다드리면 항상 이웃과 나눠 드시는 것을 봤다. 아들이 위험한 수술을 많이 하는 외과의사이기 때문에 항상 나누는 삶을 살아야 복을 받는다고 믿으시기 때문이다. 가톨릭 신자이나 미신 또한 소홀히 할 수 없는 어머니의 마음인 것이다. 자신을 진료해주던 고마운 의원 선생님들에게도 명절 때마다 인사와 촌지를 챙기던 기억이 난다.

촌지의 사전적 의미는 '마음이 담긴 작은 선물이나 정성을 드러내기 위하여 주는 돈'을 뜻한다. 그러나 감사의 마음을 꼭 이렇게 표현할 필요는 없을 것 같다. 따듯함이 담긴 편지 한 장이면 족하지 않을까. 지나친 선물은 의사가 본분을 잊게 만들 수 있으니 말이다.

촌지가 아니라 고마움을 갖는 마음이 중요한 것이다. 성경 속 환자와 예수님의 모습처럼 아픈 사람과 함께 아파하고 손 잡아주고 이야기하는 의사라면 결코 타락하지 않을 것이다. 서로가 감사를 주고받는 순간 어쩌면 이미 환자와 가족의 마음에는 살구나무의 씨가 심어져 있는 것 아닐까.

유준 교수님께서 말씀하신 가치를 잘 지키고 실천하고 싶은 마음은 현재도 진행형이다. 선생님께 마음으로 묻는다. '선생님, 저 지금 잘하고 있는 거예요?'

산 자와 죽은 자의 선물

선물의 가치를 돈으로 환산하는 것은 무례하고도 우스운 일이다. 돈이 많은 사람들의 백만 원은 평범한 사람들의 십만 원보다 못한 가치일 수 있고, 형편이 녹녹치 못한 이들에게 단돈 십만 원은 마련하기 어려운 귀한 것일 수 있다.

오늘은 진료실에 두 명의 젊은이가 찾아왔다. 한 명은 30대 중반 여성 환자의 남편이었다. 그 환자는 남편이 인도 지사에 나가 있는 사이에 급격하게 병이 진행되어 1년 전쯤 나를 찾았다. 그녀는 그때 대장암이 간까지 전이되어 대장암과 간 전이 절제를 시행하였고 항암 약물치료를 했다. 하지만 약물치료 과정이 힘들었는지 중간에 포기했다. 그 후 다른 치료에 의존해오던 환자는 얼마 안 돼 다시 폐까지 전이가 되어 치료를 시작했으나 효과를 보지 못하고 수술 후에도 재발되었다. 그런데 오늘 갑자기 남편이 외래로 온 것이다. 남편은 지난달에 부인이 사망했다는 소식을 전하며 그간의 근황과 부인이 마지막으로 남긴 봉투를 전해주었다.

봉투 겉면에는 자필로 내 앞으로 보낸다는 뜻과 환자의 이름이 적혀 있었고, 봉투 안에는 동전 모양의 금이 들어 있었는데 '8g'이라는 표시가 있었다. 금액을 떠나 한 글자 한 글자 정성 들여 써내려간 글자를 보면서 나를 생각해 이런 것을 준비했음에 고마움과 안타까움이 교차했다. 하지만 내가 해줄 수 있는 말은 부인의 병세가 워낙 중하였다는 위로와 고인의 명복을 비는 것뿐이었다. 그렇게 짧은 만남은 끝이 났다. 남편은 부인의 부탁을 잘 전해준 전령의 역할을 마치고 진료실을 떠나갔다.

다른 한 명은 부인과 함께 들른 30대 중반의 남자였다. 그는 미국에서 가족들과 같이 생활하던 유학생으로, 박사 논문 마무리 중에 대장암이 발병하여 급하게 귀국했었다. 에스결장암이 국소적으로 많이 진행되어 수술 전 방사선치료를 받았고, 이후 수술도 무사히 잘 받았다. 환자는 재발을 예방하기 위해 항암 약물치료를 받을 것이고, 가족들과 다시 미국으로 돌아가 남은 학업을 이어갈 수 있다는 희망을 가지게 되었다. 처음보다 20kg이나 빠질 정도로 힘든 치료 과정을 다 마친 상황이었지만 그래도 희망이 살아나는 것을 느끼며 그는 내게 감사카드를 내밀었다. 카드에는 감사의 글과 함께 소액의 돈이 들어 있었다. 정성껏 준비한 돈이라는 것을 한눈에 알 수 있었다. 더구나 진료실에서 감사의 뜻으로 바닥에 큰절을 하는 환자와 눈물을 글썽이며 곁에 서 있는 부인을 보자 나도 같이 울컥하여 혼났다. 환자와 부인의 눈물을 보면서 의사의 길이 힘들더라도 얼마나 소중한 것인지 다시 한번 느꼈다.

가끔씩 감사의 답례로 선물과 돈을 건네는 환자와 보호자가 있다. 그저 체면치례로 하는 경우도 있고 형편이 어려워서 하고 싶어도 못하는 경우도 본다. 또한 신세진 것을 분명히 알면서 모르는체 하는 환자들도 있는데, 그저 개인의 차이로 생각한다. 단지 감사의 마음을 표시하는 이들에게 죄송할 따름이고, 이러한 답례를 자꾸 받다보면 자칫 과한 욕심을 부리게 되지 않을까 경계하려고 한다.

오늘 진료실에서 받은 두 가지 선물은 환자를 어떻게 대해야 하는지 분명히 깨닫게 해주었다. 죽은 자를 대신하여 전해준 남편의 마음, 그리고 산 자의 감사선물을 보며 다시 한번 다짐한다. 그 어떤 경우라도 최선을 다해 진심으로 환자들을 대해야 할 것이라고.

회복한 이들을 향한 고마움

성묘 가는 길의 하늘은 푸르고 높았지만 햇볕은 따가웠다. 벼를 영글게 하려는 하늘의 뜻인 것 같다. 길가에 핀 코스모스를 보는 것도 오랜만이다. 높은 곳에서 둘러보니 봉분과 비석이 많아서 삶과 죽음에 대해 다시 생각해본다. 죽음 앞에서 인간은 겸허해지고 사색하게 된다. 그러나 곧 잊어버리고 살기 마련이다. 잘 알면서도 그냥 사는 것이다.

내 또래의 두 남자가 진료실을 찾았다. 둘 다 얼굴에 수심이 가득한데 어디서 본 듯했다. 알고 보니 지금 사는 아파트가 재건축되기 전 아파트에서 슈퍼를 운영하던 주인이었다. 동생들과 경영하고 있었던 것 같은데, 그중 여동생이 중병에 걸려서 수술을 앞두고 수소문하여 나를 방문한 것이었다. 같이 온 한 사람은 환자의 남편이었다. 오랜만의 재회였다. 얼굴은 별로 변한 게 없지만 머리가 하얘져서 지난 세월을 가늠하게 했다. 우리 아이들이 어릴 때 심심치 않게 그 슈퍼에 들러 이것저것 사가곤 했다. 우리 아이들 또래였던 그 집 아이들을 가끔 만난 기억도 난다. 집사람 심부름으로 여러 번 가게에 들렀는데 아마 그때 만났을 것이다. 두 사람은 환자의 수술을 잘 부탁한다고 내게 당부했다.

담당 교수가 휴가 중이라서 문자로 연락하고 수술 당일에도 다시 부탁했다. 수술 후 결과도 주치의에게 전해 들었다. 이후 인사하러 병실에 한번 들렀는데 환자는 황달이 생기는 등 간부전 증세가 오고 맥박이 빨랐다. 일단 경과를 두고 보자는 주치의의 의견대로 일반적인 처치를 하며 기다리고 있었다. 그러나 쉽게 증세가 회복되지 않아 무척 마음에 걸렸다. 간을 많이 잘라내서 위험한 상황이 오는 것 같았다. 주말에는 학회 중이었지만 중간에 병원에 들를 일이 있어 방문하였더니 다행히 황달이 빠지고 안정적인 상태였다. 환자의 오빠가 회복을 위해 간절히 기도하던 모습이 떠오르면서 감사한 마음이 들었다. 치료는 의사가 하지만 회복에는 환자 자신의 의지와 주변 가족들의 보살핌, 그리고 간절한 염원이 큰 영향을 미친다.

저녁 회진 때 병동을 올라가는데 뒤에서 어떤 남자가 나를 반갑게 불렀다. 인사를 하고 얼굴을 보니 전에 나에게 수술받은 환자였다. 유난히 피부가 하얗고 잘생겼던 중년의 남성은 오랜만에 마주하는데도 기억났다. 그 옆에는 아빠를 닮은 예쁜 딸이 서 있었다. 환자가 치료받을 때 유치원생이던 딸아이가 이제 중학생이라고 소개했다. 이 환자는 10년 전 기스트 종양으로 수술받았는데, 얼마 후 간 전이가 다발성으로 발견되어 재수술을 했다. 그 후에도 또 재발해 수술 및 항암 약물치료를 했다. 그다음부터는 연락이 없어서 솔직히 세상을 떠난 게 아닌가 하고 추측했다. 그런데 오늘 이렇게 건강한 모습으로 내 앞에 서 있다니! 환자는 아직 약물을 복용하지만 몸 상태도 괜찮다며 환하게 웃었다. 그 옆에서 딸아이도 같이 하얀 치아가 보이도록 웃었다. 돌아서는 길에 내 마음속에서 깊은 감사의 마음이 생겨났다. 심신이 지쳐 있던 상황이었으나 큰 격려를 받은 듯했다.

반가운 얼굴을 뒤로하고 치과대학 병원에서 본관으로 이어지는 다리를 지나는데 이번에는 맞은편에서 걸어오는 중년의 신사가 정중히 인사하였다. 악수를 나누고 찬찬히 기억을 더듬어보니 소화기 베체트란 만성 염증성 질환으로 나에게 다섯 번 이상 장 수술을 받은 대구에 사는 환자였다. 치료 당시 부모님이 많이 걱정하던 일이 기억났다. 신사는 현재 가업을 이어받아 일을 잘하고 있다고 했다. 마지막 수술을 받은 지 오래된 것을 보니 분명 괜찮아졌음을 확신할 수 있었다.

돌이켜보면 누구보다 환자가 힘들었겠지만, 수술하는 의사도 분명 힘들고 부담되는 시간을 보낸다. 그런데 이렇게 환자가 회복되어 건강하게 잘 지내고 정기적으로 검진을 받는 것을 보면 그저 감사한 마음만 남는다. 오랜만에 건강을 회복한 환자들과 연이어 재회하니 내가 직분에 충실하며 소명에 따라 잘 살고 있는 것 같다는 생각이 들었다.

지난주 오전에는 학회에 참석해 그 자리를 주재하고 발표도 한 후 병원으로 돌아왔다. 환자와의 약속 때문이었다. 오후 세 시에 제대가 얼마 남지 않은 젊은이를 진료하기로 했는데, 국군수도통합병원에서 군의관으로 있는 제자가 의뢰한 환자였다. 같이 들어온 보호자는 처음에는 어머니라고 생각했는데, 알고 보니 고모님이었다. 어릴 때부터 사정상 부모님 밑에서 자라지 못하고 고모가 키웠다며 눈물을 흘렸다. 나는 잘 치료해서 완치될 거라고 격려해주었다. 진료 후 대장암 환자가 누워 있는 수술실로 종종 발걸음을 옮겼다. 나중에 완쾌되어 좋은 모습으로 재회하기를 기대하며 오늘도 내게 찾아온 환자들 치료에 최선을 다해보기로 다짐한다.

며칠 전 외과에서 한 명의 계약직 사무직원을 채용하는 데 생각보다 많은 인원이 지원해서 놀랐다. 지원자의 연령은 대개 20대 초반부터 30대 초반이었다. 지방에서 올라와 혼자 생활하는 사람이 대부분일 것이다. 전문대나 대학의 졸업반, 계약직이 끝나서 여러 아르바이트를 하는 사람, 적은 급여로 일하는 사람도 많았다. 젊은 나이에 먹고 싶은 것, 하고 싶은 것도 많을 텐데 이렇게 적은 급여를 받으며 어려운 환경 속에서 살고 있구나 하는 것을 새삼 알게 되었다.

병원에서 근무하며 이제는 고소득 반열에 오르게 되니 어쩐지 이런 상황이 낯설고 내 자신이 부끄러워진다. 요즘 정부에서 주도하는 노동개혁법을 놓고 많은 논의가 오간다. 우리 사회가 고령화되면서 조기퇴직자들의 문제와 자꾸만 높아지는 청년들의 실업문제로 임금피크제 등 다양한 대책들이 논의되고 있다. 고통을 분담하자는 차원의 대책이다. 우리 세대가 그동안 누려왔던 것들을 많이 돌려주고, 가진 것이 많은 사람들 스스로 검소한 자세로 위화감을 주지 않도록 하는 지혜가 필요하다고 생각해본다.

어제는 외과학 교실 발전을 위한 세미나를 가졌다. 주로 전공의들의 수련 환경에 대해 논의했다. 나날이 어려워지는 외과 전공의의 수련 환경, 대형병원의 수술 건수 증가와 업무 부담, 이에 따른 환자의 안전문제 등이 부각되는 가운데 직급 간, 의료진 간의 고통 분담의 필요성을 이야기했다. 병원은 물론이고 사회 각 분야에서 벌어지는 갈등과 고통에 대해 외면하지 말고 같이 고민하고 분담하는 자세가 필요하다.

최근 뉴스와 신문에서는 연일 시리아 난민사태에 대해 보도하고 있다. 참으로 안타까운 일이다. 난민을 수용하는 나라도 대단하지만 그 결정에는 많은 고민이 있었을 것이다. 타인의 고통을 내 것으로 받아들이고 함께 나누려는 자세는 가장 숭고한 행위 중 하나이며 인간만이 보일 수 있는 고귀한 마음이 아닌가 생각한다.

의사로 생활하면서 하루하루 힘든 일정을 어떻게 소화하고 견뎌내는지 가끔 스스로 생각해도 신기할 때가 있다. 이렇게 일을 할 수 있을 만큼 건강한 것에 감사할 뿐이다. 또 가끔씩 뜻밖의 재회를 통해 지치지 않는 마음의 힘을 얻는 것도 감사하다. 내게 이런 힘을 주는 모든 이에게 감사의 마음을 전한다.

따뜻한 말 한마디

연이은 더위에 폭염주의보가 내려졌다. 모처럼 하루 휴가를 내어 어머니를 모시고 집사람과 함께 팔당댐 근처까지 드라이브했다. 남한강이 보이는 식당에서 닭백숙을 시켜놓고 흐르는 강을 보면서 식사도 했다. 근처에 다산 정약용 선생의 생가와 기념관이 있어 잠시 들러보았다. 한적하고 사람이 없어 묘소까지 올라갔다. 부인 홍씨와 함께 합장된 묘에 와보니 하늘은 푸르고 구름이 말없이 흐르고 있었다. 근대 조선의 최고 실학자인 정약용 선생의 이상적 인간과 국가관은 오늘까지 우리들의 마음에 큰 울림을 준다.

얼마 전 TV를 통해 서촌에서 개성식 떡볶이를 파는 할머니의 사연을 봤다. 99세까지 시장에 나가 떡볶이를 팔던 할머니는 푼돈을 모아 어려운 이웃을 도왔다고 하는데, 병이 깊어져 병원에 입원한 상태였다. 그 방송은 할머니가 남은 시간 동안 주변을 정리하는 모습을 담은 것이었다. 할머니는 홀로 살면서 모은 재산을 불쌍한 이웃을 위해 써달라는 유언도 남겼다. 평소 어려운 이웃에게 따뜻한 말 한마디를 건네고 조금이라도 도움을 주는 것이 중요하다고 할머니는 강조했다. 그 작은 도움에 누군가는 세상을 살아갈 힘을 얻게 된다는 것이다. 방송이 끝나고도 그 이야기가 계속 마음에 남았다. 우리들 대부분은 실천이 부족한 삶을 살아간다. 그뿐만 아니라 지금보다 더 가지려고, 더 높은 명예를 얻으려고 한다. 떡볶이 할머니의 사연은 많은 것을 깨닫게 해주었다.

아직 미혼인 30대 중반의 청년이 부모님과 같이 진찰실로 들어왔다. 직장암이 진단되어 검사 결과를 듣기 위해 온 것이다. 직장암이 간으로 전이되어 먼저 항암 약물치료를 시작하기로 했다. 부모님은 모두 눈물을 쏟으며 아들을 살려달라고 부탁했다. 부모님의 마음을 헤아려 최선을 다해 완치시키겠다고 안심시켰다. 일주일 뒤 암병원에서 본관 건물로 가는 다리에서 항암치료 중인 아들과 엄마가 같이 운동하는 것이 보였다. 인사를 건네니 그들 눈에 희망의 기운이 보였다.

치료를 시작하면 다양한 반응이 나타난다. 당연히 꼭 좋은 반응만 있는 건 아니다. 때로는 냉정한 답변이 더 정확한 답변이 될 수 있지만 환자나 보호자에게 절망감을 안기고 치료의 희망을 꺾는 일이 될 수 있어 늘 조심한다.

수술 후 합병증이 발생하여 환자가 다시 입원을 하거나 치료를 하는 등 예상치 못한 손실을 입을 때, 예전에는 환자 측에서 아무런 이의를 제기하지 않고 참는 경우가 많았다. 그러나 요즈음은 많이 달라졌다. 합병증으로 재수술을 한 경우 이때 발생한 병원비는 지불하기 어렵다고 환자가 의사를 분명히 밝히는 경우도 많다. 또한 책임 있는 사과와 함께 경제적인 보상을 요구하기도 한다. 분위기가 안 좋으면 심각한 상황까지 가는 수도 있다.

예상치 못한 합병증이 발생하면 의료진의 실수든 환자나 병의 문제가 원인이든 그에 대한 책임 문제를 회피하기 어렵다고 생각한다. 가장 이상적인 것은 서로 충분한 대화를 통해서 문제를 풀어나가는 것이다. 이런 문제들 때문에 수술 전 합병증에 대한 설명을 충분히 하고 수술동의를 받는 절차가 중요한 것이다. 실제로 근래에 수술 후 합병증으로 재수술을 한 환자의 보호자가 재수술비와 입원비의 경감을 문의해서 병원장과 상의 후 경비를 경감해준 일이 있다. 사전에 합병증에 대해 충분히 설명하는 것은 당연한 것이고, 이후 혹시라도 합병증이 발생했을 때 의료진이 의학적인 해결과 함께 진심 어린 태도를 보이는 것은 중요한 일이다. 문제가 생겼을 때 마치 내 가족의 일처럼 걱정하고 상대의 말을 경청하며 세심하게 설명해주면 오히려 상대의 마음이 풀려 원만히 해결될 수도 있다. 또 그런 진정성 있는 태도를 가진 의료진은 더욱 존경받을 것이다. 반면 지나치게 방어적인 태도는 오히려 결과를 나쁘게 만들 수 있다.

항문 가까이에 암이 발생한 직장암 환자가 있었다. 힘들게 항암방사선치료가 다 끝난 후 수술을 앞두고 그는 항문 보존에 대해 배수진을 쳤다. 가족들과 진료실에서 이야기하며 항문을 못 살리면 수술을 절대 안 받는다고 선언했다. 웬만하면 수술실에서 항문 보존 여부를 결정하고 가급적 항문을 살리는 방향으로 노력하겠다고 설명하지만 이 경우는 달랐다. 반드시 항문을 제거해야 하는 상황이었다. 나는 끈질기게 환자를 설득했다. 또한 장루 전문 간호사에게 보내서 영구적으로 인공항문을 할 경우 어떻게 생활해야 하는지 설명을 듣게 했다. 항문을 억지로 살리면 재발 위험도 있지만 변실금 등 삶의 질을 저하시키는 일이 잦다는 것도 잘 이야기하여 이해와 안심이 되도록 설명해주었다.

환자는 다행히 잘 받아들였고 직장암 제거 수술을 받고 영구장루를 하고 있다. 만일 환자를 야단치거나 치료받든 안 받든 당신의 책임이라고 생각하며 무관심하거나 방치했다면 어땠을까? 환자는 혼자 고민에 빠지거나 이 병원 저 병원을 다니거나 검증도 안 된 치료를 받느라 치료 시기를 놓쳤을 수 있다. 의사라면 보다 적극적인 자세로 설명하고 능동적인 치료 태도를 가져야 한다고 생각한다. 앞서 떡볶이 할머니의 이야기처럼 따뜻한 말 한마디는 누군가에게 위로가 되고 살아갈 희망이 된다. 의사라면 더더욱 말 한마디에 큰 책임감을 느껴야 한다.

우리에게 예정된 시간

갈증을 느끼는 대지와 초목들이 봄비를 맞고 있다. 보기만 해도 시원하고 정겹다. 죽은 듯 보이던 나뭇가지에 하나 둘 초록빛이 눈에 띄고, 어두운 빛이 감돌던 벚나무에도 벚꽃이 피기 시작하더니 어느새 목련도 활짝 피었다. 자연의 섭리는 자세히 살펴볼수록 놀라움을 준다. 우리 집 베란다의 커피나무에는 하얀 꽃이 유난히 많이 피었다. 열매가 많이 열리기를 기대해본다.

매년 학기 초에 진행하던 외과학 교실 발전을 위한 세미나를 외부에서 1박 2일 일정으로 진행했는데, 시작 전 동료 교수의 기도가 나를 울리고 말았다. 평소에는 별로 신앙심을 드러내지 않았던 그

교수의 진실된 이야기가 많은 사람들의 공감을 불렀다. 이제까지는 본인의 능력과 자만에 의지해서 환자를 진료했는데, 그간의 자만을 깊이 뉘우친다는 내용이었다. 진심 어린 고백은 많은 이를 숙연케 하고 나 자신을 돌아보게 만들었다.

회진 때마다 활짝 웃는 스무 살 여대생 환자 P양은 아픈 상황을 받아들이고 묵묵히 치료 과정을 잘 견뎠다. 그녀의 수술에는 어려운 부분이 많았다. 수술 범위가 넓어 상처를 최소화해야 하는 고민, 수술 전 방사선치료에서 난소 기능을 살리는 문제, 항문 가까이에 암이 생겨 괄약근을 살리는 문제 등 걱정이 되는 요소가 이만저만이 아니었다. 3개월간 준비 후 수술을 앞둔 전날에도 걱정이 많았다. 수술 당일 아침에는 후배 교수가 환자를 잘 부탁한다는 메일을 보내왔는데, 그는 전날에도 환자를 위해 간절한 기도를 올렸다고 한다.

다행히 수술은 잘 진행되었다. 상처를 최소화하며 대장을 절제하는 수술은 일사천리로 이루어졌다. 마지막 단계에서 소장주머니를 만들어 항문에 붙이는 과정에서 소장주머니가 항문에 내려오게 하려고 소장으로 가는 혈관을 일부 잘랐다. 그 순간 소장의 색이 푸르게 변하며 혈액 순환이 잘 안되고 있다는 판단이 들었다. 순간 간절히 기도했다. 소장주머니와 항문의 문합이 끝나고 복강경 카메라

로 다시 소장주머니를 보았을 때 색이 핑크빛으로 돌아온 걸 볼 수 있었다. 진심으로 감사한 마음이 들었다. 수술 일주일 후 복부 전산화단층촬영에서도 소장주머니의 혈액 상태는 좋아 보였다. 수술 전 계획대로 모두 이루어졌다. 이제는 재발 없이 잘 지내는 일만 남았다. 회진을 하며 P양에게 말했다. "네가 잘 회복되어 참 기쁘다."

지난주 외래 진료 때는 20대 초반의 남학생 C군이 엄마와 함께 들어왔다. 혈색이 좋고 살이 붙어 건강해 보였다. C군 엄마의 얼굴도 행복해 보였다. 초진 때는 엄마가 울면서 아들 손을 잡고 들어왔었다. 간으로 전이가 동반된 대장암이었다. 그간 C군을 까맣게 잊고 있었는데, 항암 약물치료 주사도 다 맞고 이제는 회복하여 찾아온 것이다. 너무나 반갑고 감사한 마음이었다.

K군은 아버지와 함께 진료실로 들어왔다. 간 전이까지 진행되어 고생하던 환자인데, 대동맥 주변 림프절에 재발이 일어나 방사선치료를 받다가 이제 수술까지 하고 항암제도 다 맞았다고 했다. 검사를 해보니 상태가 좋았다. 어렵게 얻은 직장에도 다시 나간다니 기뻤다. 축하해주며 빨리 예쁜 여자친구도 만들라고 말해주었다.

말기암의 C선생은 황달이 심한 상태로 지난주 병실에서 숨을 거두었다. 완화수술, 즉 병을 치료하지는 못해도 종양을 부분적으로 제거해 살아 있는 동안 식사라도 가능한 방안을 계획했으나 뜻하지 않게 합병증이 생겼다. 이어 남아 있던 암으로 황달과 장폐색이 해결되지 않아 결국엔 세상을 떠나고 말았다. 병세가 깊어 먼저 약 6개월간 항암 약물치료를 했고 이제 수술을 앞두고 있었는데, 항암 약물치료 중단 후 병세가 빠르게 진행된 사례이다. 치료 과정에서 부인과 가족들은 환자를 잘 지지했다. 부인은 유달리 적극적이라 회진을 할 때 나뿐만 아니라 원장님, 전공의 등을 붙잡고 병세를 묻고 서운한 점 등을 호소하였다. 남편을 위하는 마음이 지극했다. 남편이 밖에 나가지 못하자 버들강아지를 꺾어 병에 꽂아 보여주고 물도 잘 삼키지 못하자 몸에 좋은 음료를 마른 입술 사이로 넣어주기도 했다. 치료 과정에서 생긴 합병증에 대한 부분을 잠시 원망했지만 의료진들에게 고맙다는 표현을 많이 했다. 의료진은 남은 시간만이라도 고통 없이 음식을 삼키게 해주고 싶었으나 뜻대로 되지 않았다. 피골이 상접한 C선생의 얼굴은 고통의 상징이었다. 혈색을 잃은 검은 얼굴에 황달이 심하고 입술은 바짝 타들어간 모습이 보는 이들을 모두 안타깝게 했다. 가족들은 끝까지 의료진을 신뢰하며 포기하지 않았다. 그러나 아무리 온 힘을 다해 노력하고 치료를 잘 계획해도 인간의 능력을 넘어선 부분이 존재한다. 그렇게 환자는 신께서 예정한 시간에 따라 운명하고 말았다.

잘 아는 현직 선배 교수가 해외 여행지에서 갑자기 세상을 떠났다는 청천벽력 같은 소식을 받았다. 장례를 치르고 발인하는 날, 유족들을 어떻게 위로할지 난감하고 망연자실할 뿐이었다. 항상 성실하고 과묵하던 선배 교수의 죽음은 우리의 남은 삶을 돌아보게 했다.

늘 삶과 죽음의 경계를 지켜보는 한 사람의 의료인으로서 위태로운 마음을 잘 붙잡을 수 있기를 기도해본다. 그러기 위해서는 나 역시 내게 예정된 시간을 의식하고 늘 깨어 있어야 하는 것이 아닌가 생각해본다.

잔인했던 어느 5월

운전 중 라디오에서 영화 〈사운드 오브 뮤직〉의 OST가 흘러나왔다. 여주인공 줄리 앤드루스의 청아하고 고운 목소리를 오랜만에 들으니 영화가 생각난다. 뮤지컬이라는 것을 이 영화를 통해 처음 알게 되었는데, 예비 수녀가 말썽꾸러기 아이들의 엄마가 되어가는 과정을 보여주는 이야기다. 그중 천둥번개가 치던 날 대령의 아이들이 무서움에 떨며 줄리가 자던 방으로 베개를 가지고 모이던 장면이 떠오른다. 세상에 번개를 무서워하지 않는 몇 사람이 있다면 집사람이 그중 하나인데, 아마 그래서 영화 속 이 장면을 이해하기 어려울 것이다.

아마도 초등학교 저학년 무렵에 온 가족이 대한극장에서 〈사운드 오브 뮤직〉을 봤던 것 같다. 영화를 보는 내내 많이 행복했던 기억이 난다. 아마도 5월 5일 어린이날이었을 가능성이 높다. 영화가 끝나고 외식도 했을 것이다. 기억력이 좋은 여동생에게 물어보면 그때 상황을 알 수 있을지도 모르겠다.

계절의 여왕인 5월은 신록이 눈부신 계절이며 가정의 달이기도 하고 행사 또한 많다. 석가탄신일이 다가오면 은은한 색깔의 아름다운 연등이 밤거리를 수놓고, 성당에서는 성모의 밤 행사가 진행되기도 한다. 이렇게 5월이 지나가는 것이 아쉽기만 한데, 이 아름다운 달에 병원에서는 슬프고 힘든 일이 많았다.

결혼식을 앞둔 행복한 전공의와 예비 신부가 교통사고로 중상을 입고 입원해 수술을 받았다. 신부는 중태이고 의식이 좋지 않아 보는 이들의 안타까움을 자아냈다. 이어서 수술실에서 근무하는 간호사가 아침에 출근하던 중 교통사고로 머리에 중상을 입고 중환자실에서 의식 없이 누워 있는 사건이 발생했다. 또한 오랫동안 대장암으로 투병하던 선배 교수가 상태가 위독해져 중환자실로 옮긴 지 2주 만에 사망했다. 선배 교수의 빈소를 지키면서 많은 선배와 후배를 만났다. 그곳에서 고인故人의 환자에 대한 사랑과 유머감각, 미소 등 평소의 그분을 기억하는 지인들의 추억담을 들을 수 있었다. 근처 서울추모공원에서 고인을 화장하고 장지로 모셨다. 공

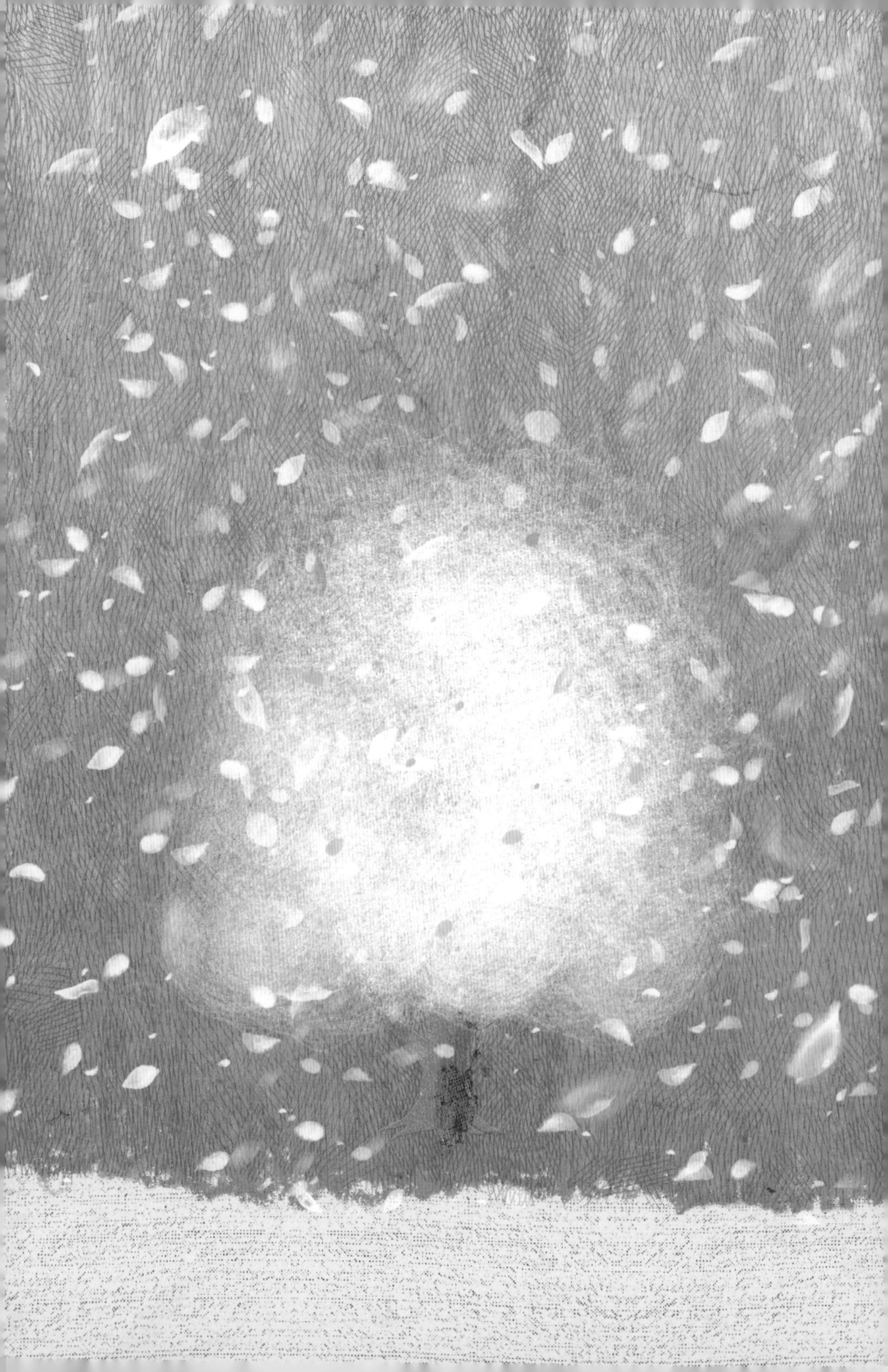

원묘지에서 돌아오는 길은 항상 그렇듯 죽음을 생각하는 기회이자 인생무상을 뼈저리게 실감하는 시간이었다. 이 와중에 나의 가까운 가족이 위암으로 수술을 받기도 했다.

5월은 여러 가지 일로 나에게는 정신없는 잔인한 달이었지만, 어느덧 거의 지나가고 있다. 다친 전공의와 예비 신부가 빠르게 회복되어 다행으로 생각한다. 가까운 가족도 암 초기로 판정되어 정말 다행이고 감사하게 생각한다. 돌아가신 선배 교수의 명예퇴직 절차도 잘 진행되어 다행으로 생각하고, 도와주신 의료원장님께도 감사드린다.

짧은 시간에 너무 많은 일이 진행되다보니 조금 지치는 것도 사실이다. 의사로서 본분을 잘 지키고 성실한 진료, 교육, 연구에 매진할 때가 제일 행복한 것 같지만, 다양한 상황을 경험하다보면 그만큼 생각의 폭도 넓어지고 특별한 상황을 맞닥뜨렸을 때의 처신이나 사람을 포용하는 능력도 향상되는 것 같다.

누가 뭐라고 해도 아름다운 자태의 5월을 그저 바쁘고 힘들게만 보내고 싶지 않은 것이 솔직한 심정이다. 물론 아름다움을 보고 감사하는 것 또한 좋은 일이지만 지나친 집착은 금물일 것이다. 항상 인생을 조심하면서 중용을 취하는 것이 최상의 가치가 아닐까 싶다.

삶의 질

쌀쌀한 토요일 아침. 청소 카트를 끄는 30대 후반의 여성 미화원이 엘리베이터 앞에서 인사했다. 공손히 인사를 하면서도 얇은 근무복 때문인지 몹시 추위에 떠는 것이 느껴졌다. 아마도 피치 못할 사정이 있어 병원에 취업해 청소 일을 하는 것 같았다.

치과대학에서 본관 병원으로 넘어가는 다리 양옆에는 가지만 앙상하게 남아 추워 보이는 키 큰 나무들이 있다. 찬찬히 보니 지난봄 화려했던 그 벚나무였다. 눈부신 햇살에 춤추던 벚꽃들의 군무가 몹시도 아름답던 기억이 난다. 그 화려하고 아름답던 나무가 지금은 검게 죽은 모습으로 추위에 떨고 있는 모습이 가엽기까지 했다. 사시사철 자연의 변화는 무상해서 현재 보이는 것은 순간의 단면일

뿐이다. 그 안에는 놀라운 생명의 씨앗이 숨어 있다. 이런 자연에게서 우리는 긍정과 희망의 의지를 배운다.

오랜만에 꿈에서 돌아가신 외할머니를 뵈었다. 많이 편찮으신지 안색이 좋지 않고 온몸에 멍이 들어 있었다. 배변이 잘 안 되는 증상이 있어 진찰을 해보니 빨리 병원에 옮겨야 한다는 판단이 들었다. 급하게 병원으로 모신 외할머니는 입원 수속을 하는 사이에 사라졌다. 울며불며 여기저기 알아봐도 외할머니를 본 사람이 아무도 없다는 것이다. 어찌할 바를 모르던 차에 잠에서 깼다. 명절이 되면 조상님들의 평안한 안식을 위해 합동 위령미사를 드리는데, 곧 설이 다가오니 외할머니께서 꿈에 나타나신 것 같다.

중학교 때 귀갓길에 버스정류장에서 외할머니를 만난 적이 있다. 쌈짓돈으로 당시에는 집에서 먹기 힘든 음식이었던 볶음밥을 근처 식당에서 사주셨다. 외할머니는 한 그릇만 시켜 손주가 먹는 것을 지켜보셨다. 환갑이 된 지금에도 그 사랑은 빚으로 남아 있다. 이 빚을 다 어떻게 갚아나갈 것인지 항상 고민이다. 만일 내게 많은 돈이 있다면 공부를 하고 싶지만 형편이 어려운 학생들에게 장학금을 주는 사업을 하고 싶다. 그러나 현재로서는 나를 찾는 환자들에게 최선을 다해 사랑을 베풀고 후학을 잘 교육하는 것이 의사라는 직분에 충실한 것이라고 스스로 위안해본다. 산 자는 먼저 세상을 떠난 이들을 추억하며 많은 것을 배운다. 이승에서 남은 삶에 대해 많이 생각하게 되는 요즘이다.

진료실에서 배변 때문에 고통받는 환자들과 면담하였다. 상담 중 결국 두 환자 모두 울고 말았다. 닭똥 같은 눈물이 뚝뚝 떨어졌다. 그들은 모두 직장암 수술을 받았다. 대장항문외과의로서 환자의 항문을 살리는 것이 삶의 질을 위한 최선이라고 생각하고 치료했지만, 배변의 고통을 안겨준 것 같아 너무도 미안했다. 30대 후반의 이 젊은 환자는 장 문합 부위의 협착으로 변이 새끼손가락처럼 가늘게 나오고 하루에 수십 번 화장실에 간다고 했다. 배변의 고통 때문에 생업에 종사할 수 없다며 언제까지 이래야 하는지, 이 증상이 개선될 수는 있는지 이야기하다가 그만 울음을 터뜨렸다. 다른 40대 환자 역시 배변 때 통증이 심해 음식을 먹지 않는다고 했다. 자신도 피자와 떡볶이처럼 남들이 다 먹는 음식을 먹고 싶다면서 울기 시작했다. 배변을 할 때는 배설의 개운함과 쾌감을 함께 느껴야 하는데 이 환자들에게 배변은 공포의 시작이요, 고통이었다. 두 사람에게 못할 짓을 한 것만 같아 대장항문외과의가 된 것이 후회스러웠다. 결국 두 환자 모두에게 인공항문을 만들어주기로 했다.

현대 의학, 특히 외과 수술은 급속히 발달했지만 아직도 해결하지 못하는 부분이 많다. 우리 의사들은 이런 문제를 심각하게 고민하고 해결하기 위해 더 많은 노력을 해야 할 것이다. 쾌변의 기쁨은 고사하고 배변을 못 하거나 고통만 느끼는 환자를 보면 배변이 얼마나 중요한지 실감하게 된다. 건강한 배변은 삶의 질을 위해서도 아주 중요하다. 먹지 못하는 고통 못지않게 배설이 잘 안 되는 고통은 심각하다. 현대인들의 바쁜 생활은 배변에 영향을 주는데, 뇌신경, 특히 자율신경계와 장은 밀접한 관계가 있어 스트레스가 많은 현대인들에게 과민성 장이 잘 생긴다고 한다.

간헐적으로 복통이 있고 배변이 원활하지 않은데 막상 검사를 하면 이상 소견이 없는 경우를 자주 본다. 배변과 가스배출은 사회생활에도 영향을 주는 예민한 부분이라 이에 대한 질문도 많이 받곤 한다. 앞으로 시간을 내서 이 부분을 깊이 공부해 내가 받은 질문에 대한 답과 해결책을 찾고 싶다. 과도한 스트레스와 소량의 식사, 불규칙한 식사시간, 패스트푸드를 즐기는 습관 때문에 배변이 힘들어지고 있는 것이 실상인 만큼 적당히 운동하고 식이섬유질을 섭취하며 자극적인 음식을 제한하는 등 생활을 개선하면 배변이 원활해질 것이라고 생각한다.

대장암으로 대장이 절제된 후에는 배변이 불규칙해지거나 빈번해지는 등 변화가 나타나고 장내 가스가 많이 만들어진다. 이는 장

절제로 인해 장으로 가는 미세한 자율신경들이 잘리고 또한 장내 세균들의 성상性狀이 바뀌기 때문이라고 알려져 있다. 요즘에는 장내 세균 상태를 건강한 여건으로 만들어주는 프로바이오틱스도 많이 처방되고 있다. 또한 시판되는 유산균 음료를 적당히 복용하는 것도 도움이 될 것이다.

이번 주도 매일 수술 일정이 잡혀 있다. 무엇보다도 재발을 막는 것이 중요하지만, 직장암 수술을 할 때는 적당히 직장을 남기고 항문 괄약근을 보존하는 것뿐만 아니라 배뇨 및 성 기능과 관련된 자율신경 보존에도 신경을 써야 한다. 환자의 삶의 질을 생각해서 수술을 잘하자고 다시금 다짐한다.

우리는 사랑을 할 때, 지금 자신보다 더 나은 사람이 되려고 노력한다.
이렇게 하면 우리 주변의 모든 것도 더 나아진다.

— 파울로 코엘료

4
소중한 것은
가까이에 있다

여름에 읽은 두 권의 책

집에서 쉬는 동안 많은 책을 읽었는데 그중《빠리망명객 이유진의 삶과 꿈》과《닥터 노먼 베쑨》이 생각난다.

이유진은 파리에 살고 있는 지식인으로 소르본 대학에서 박사학위를 받았다. 하지만 유학 시절 뜻하지 않게 정치 사건에 휘말려 프랑스로 망명하게 된 그는 온갖 직업을 전전하다가 나중에 택시기사까지 하게 되었는데, 끝까지 자존심을 버리지 않고 꿋꿋하게 살아온 지사형志士型 인간이다. 자신을 그대로 받아준 대부님을 의지하고 지내다가 대부님이 돌아가시고 침체에 빠진 심정 등을 진솔하게 적어나간 내용이 좋았다. 더구나 뒤늦게 얻은 둘째가 다운증후군이어서 그 아들을 돌보는 과정 중에 느끼는 마음의 경로經路, 자신의 교만함을 버리며 깨닫는 참다운 부정父情, 그리고 타인을 배려하는 자세 등이 책에 잘 나타나 있었다.

노먼 베쑨은 캐나다 출신 의사로 중국에서 삶을 마감했다. 스페인 내전에도 참가해 의사로서 왕성한 활동을 한 그는 이미 40세에 의사로서 탁월한 능력을 발휘했다. 흉부외과의 권위 있는 교수 밑에서 사사하였고, 후에 자신의 이름이 붙은 수술기구를 개발하였다. 그러나 그전에 치료하기 힘든 결핵에 걸려 요양원에서 지냈고, 당시에는 최신 치료법인 기흉치료 덕에 기적적으로 병이 나은 경력을 갖고 있는 의사였다. 이런 다양한 경험이 바탕이 되어 노먼 베쑨은 의사의 사회적 역할에 대해 깊이 생각했다. 그리고 돈 없는 사람일지라도 치료를 못 받으면 안 된다는 신념을 갖게 되었는데 이는 의료의 사회주의 개념이다. 그의 이러한 사고방식은 나중에 중국에서의 활동, 특히 중국공산당의 정치가 저우언라이周恩來를 위해 일했던 것과 통하는 바가 있는 것 같다.

노먼 베쑨은 종교적으로는 독실한 믿음이 없었고, 가정적으로는 이혼하고 자식이 없는 외로운 존재였다. 다만 죽어가는 환자를 위해 자신의 피를 나누어 환자의 생명을 살리고, 맡겨진 일에 정말 충실한 삶을 살았다. 평소에도 의사는 아픈 사람을 찾아나서야 한다고 주장했고, 스페인내전에서는 부상자를 찾아다니면서 조기에 응급 처치해야 환자가 산다는 믿음을 실천하며 많은 환자를 구했다.

노먼 베쑨은 환자를 수술할 때 사람은 단순한 개체가 아니라 꿈과 이상을 가진 고귀한 개체라고 여겼다. 그는 메스를 들면서 그 어떤 생명체일지라도 단순한 기계적인 유기체로 취급하지 않았고, 사람이란 육체가 전부가 아닌 꿈을 가진 자이기에 자신의 칼로 육체와 동시에 그 꿈을 구하리라 다짐했다. 또한 "수술에 임하는 의사라는 사람들이 자연과 세계 속에서 아무런 힌트나 해답을 떠올리지 못한다면, 그는 인명을 학살하는 일을 즉시 중단하고 도랑이나 청소하는 편이 나을 것이다", "우리 의사들은 수도승과 같아야 하오. 헐벗은 옷차림에 샌들을 신고 이리저리 배회하는 수도승 같아야 한단 말이오. 우리의 목적은 인체를 보호하고 소생시키는 것이오. 그것은 신성한 일이오. 따라서 우리의 자세도 신성한 목적에 맞게 치열하지 않으면 안 되오"라고도 말했다. 실제로 노먼 베쑨은 그의 사상처럼 49세 나이에 과중한 수술과 업무, 영양실조, 수술할 때 입은 상처로 인한 패혈증 등이 원인이 되어 사망하였다.

노먼 베쑨은 1920년대 중국군이 일본에 대항하여 싸울 때 저우언라이 군대의 부상자를 최전방에서 치료하며 많은 사람을 살렸다. 밀려드는 환자를 치료하느라 잠도 못 자고 먹지도 못했으나 영혼만큼은 자유롭고 보람이 컸으리라고 생각한다. 오죽했으면 총사령관이 사무실로 불러 잠을 자라고 명령을 내렸을까. 정말 자신의 일과 사명에 온 힘을 다한 사람이다.

지금도 북경에 가면 조국을 위한 공훈자 묘역에 세워진 노먼 베쑨의 무덤을 만날 수 있다고 한다. 또 그의 이름을 딴 의과대학도 있다고 하니 중국 사람들이 노먼 베쑨을 기리는 마음을 알 수 있을 것 같다. 사람이 죽어서 이름을 남기기란 쉽지 않다. 심지어 가족마저도 그 이름을 오랫동안 기억하기란 쉽지 않은 게 사실이다. 넓은 길을 마다하고 좁은 길을 간 노먼 베쑨은 올 여름에 내가 만난 위인이었다. 그리고 노먼 베쑨까지는 아니어도 우리 주위에 이런 비슷한 사명감을 가진 의사가 분명 많이 있을 거라고 믿어 의심치 않는다.

혜화동의 오래된 책방

어제부터 내린 눈이 캠퍼스를 아름답게 하얀색으로 장식하고 있다. 창밖 풍경에 눈이 자주 간다. 은백색의 눈이 곱게도 건물과 나뭇가지에 조용히 내려앉아 있다. 신년하례식도 하고 업무가 바쁘게 진행되니 또 다시 일상으로 돌아온 것 같다.

환자의 감사카드를 받다보면 나도 모르게 마음이 뭉클해진다. 여러 가지로 힘들 텐데 나를 위해 마음을 다해 편지를 쓰고 정성이 가득 담긴 선물을 보내오면 혹여 이런 것까지 신경 쓰게 한 건 아닌지 미안할 따름이다.

글자로 이루어진 것은 그것이 카드든 책이든 감정의 교류가 일어 추억이 서리게 된다. 일종의 기억 창고가 되는 것 같다. 글씨체를 보면 대강 그 사람의 성격을 짐작할 수 있다는 말도 상당히 일리 있다. 올해는 처음으로 직접 적은 연하장 대신 병원에서 제공하는 전자우편서비스를 이용해 연하장을 보냈는데, 전자우편으로 답장을 받기도 했지만 아직도 카드에 직접 써 보내시는 분들이 있었다. 그분들의 부지런함과 정성에는 고개를 숙일 뿐이다.

오래전이지만 미국에서 노숙자를 지원하기 위해 물질적인 것뿐만 아니라 인문학 강의를 해주는 시도를 했다는 기사를 보았다. 이 기사에서 주목할 점은 강의를 들은 노숙자의 자활이 다른 경우에 비해 빠르게 진행되었다 점이다. 이 연구를 진행한 교수에 의하면 노숙자의 자신감을 찾아준 것이 바로 인문학의 힘이라고 했다.

최근 한 일간지에는 전문직 종사자와 기업의 임원을 대상으로 한 인문학 강의와 그들의 독후감을 소개한 기사가 실렸다. 그들의 글에는 자신을 돌아보고 정체성을 찾아가는 일련의 과정과 각오가 그려져 있었다. 인간의 가치탐구와 표현활동을 추구하는 학문인 인문학은 독서를 통하지 않고서는 안 된다.

며칠 전 K대학의 교수가 '서점의 죽음'을 애도하며 쓴 글을 읽고 크게 공감했다. 나 또한 대학 앞에 자리했던 옛 서점이 식당으로 바뀐 것을 보고 애틋한 회상에 젖었던 경험이 있기 때문이다. 더불어 초등학교 시절 친구 집에서 책을 빌려 읽고 다시 돌려주었던 기억 또한 새록새록 떠오른다. 아마도 《셜록 홈스》나 《괴도신사 아르센 뤼팽》 같은 책이었던 것 같다. 집 근처에 헌책방도 있어서 자주 들러 싼값으로 책을 빌려서 읽고 다시 갖다주었던 기억도 난다. 그때 눈물을 훔치며 읽었던 최요안 작가의 《억만이의 미소(1969년)》라는 책이 아직도 선명하다. 아마도 그 헌책방은 문을 닫았을 것이다. 더 어릴 때 기억으로는 에드몬도 데 아미치스의 《사랑의 학교》라는 책을 아버지께 선물로 받은 게 생각난다. 여동생은 중학교 때 아버지께 선물로 받은 소설 《레미제라블》을 지금까지도 보물처럼 고이 간직하고 있다.

나 역시 교수실에 고이 간직하고 있는 오래된 책 두 권이 있다. 하나는 영어로 된 구약성경인데 대학에 입학하고 생일선물로 '종로서적'에서 어머님이 사주신 책이다. 지금은 문을 닫은 지 오래지만, 내가 학생 때는 이곳이 많은 종류의 책을 한곳에서 볼 수 있는 유일한 장소였다. 또 하나는 본과에 들어가기 전 값비싼 원서原書에 쓰는 돈을 아끼고자 청계천을 돌아다녀서 구입한 중고 영문해부학 책이다. 지금도 무료할 때면 한번씩 이 책들을 펼쳐본다. 새까맣게 줄이 쳐 있는 걸 보면 당시 꽤 열심히 공부한 모양이다.

혜화동 로터리에는 '동양서림'이라는 오래된 책방이 있다. 어쩌다 그곳을 지나갈 때면 꼭 한 번씩은 쳐다보게 된다. 중학교에 입학할 때 어머니와 함께 영어사전을 처음 샀던 곳이다. 그 사전은 잃어버렸지만 지금도 그 시절 사전을 손에 넣고 기뻐하며 설레던 추억이 생각나서 미소 짓게 된다. 다행히 동양서림은 아직도 그 자리에 있어서 주인에게 감사하고 싶다.

요즘은 직접 글을 쓰는 일이나 책을 읽는 기회가 적어지다보니 그나마 몇 안 되는 서점이 모두 폐업해 우리 곁을 떠나는 것은 아닌지 걱정이 된다. 책 한 권에 담긴 소중한 추억, 문학의 향기와 그 힘, 책을 읽으면서 얻는 정신적인 고양高揚들이 이제 어디서 나올 수 있을까. 신촌 로터리의 하나 남은 오래된 서점이 존폐위기에 놓였다고 하는데 정말 서글픈 일이다. 이제 학생들은 돈이 생겨도 더는 책을 사지 않는다고 한다. 시대에 따라 변하는 것이 인간의 삶이라고 해도 인간본성을 탐구하고, 인간을 이해하기 위한 지혜의 바탕이 되는 것은 독서라고 생각한다. 그런 바탕이 없으면 다른 지식들도 결국에는 사상누각沙上樓閣이 될 것이 분명하다.

새로운 한 해가 밝았다. 올 한 해는 각자 쌓아두었던 책을 다시 한번 꺼내 읽어보길 바란다. 그중에 같이 나누고 싶은 책이 있다

면 지인들에게 선물해도 좋을 것 같다. 그것이 우리 곁에 남아 있는 몇 안 되는 동네책방을 살리고 우리 삶에 활력을 더하는 길이 아닐까.

아들에게 보내는 편지 1

당신은 왜 지금 여기에 있는가

효민아! 어제 미국대학 진학을 앞두고 상담을 했다고 엄마에게 들었다. 화학을 전공하려고 한다던데, 물리를 조금 공부하고 화학을 한다면 더욱 도움이 될 것이라고 생각된다. 또 의학전문대학원 지원에도 도움이 될 것 같구나.

방금 라디오에서 들은 좋은 내용이 있어 전하고 싶구나. 미국의 어느 대학교수가 3~4년의 치열한 전공 공부를 앞둔 학생들에게 조언한 내용이다. 교수는 "여러분 인생에 가장 중요한 이 시기에, 지금 여기에 왜 있고 왜 왔는가? 최선을 다해 스스로에게 질문하고 답하기를 부탁한다"고 조언했다. 이 교수의 조언을 학생들이 어떻게 받아들이느냐에 따라 10년 뒤 모습이 좌우된다고 생각한다.

아빠에게도 비슷한 경험이 있단다. 고등학교 입시에 실패하고 2차로 고등학교에 진학하였을 때 당시 사춘기였던 아빠의 충격은 컸단다. 집 앞 골목에 나가는 것조차 꺼릴 정도였으니 아빠는 당시 자존심이 강했던 것 같다. 그렇게 예민한 시기에 당시 수학선생님이었던 교감선생님께서 아빠 반에 들어오셔서 하신 수업 내용이 지금도 생각난다. 당시 교감선생님은 진학한 학생들 대부분이 원하는 학교의 입시에서 실패하고 온 학생이라는 것을 간파하신 모양이다. "실망하지 말고 지금의 시련을 발판으로 멀리 뛰도록 노력하는 것이 중요하다. 사회에 필요한 인재가 되도록 최선의 노력을 다하라"며 당부하셨단다. 당시 어린 아빠의 마음을 많이 위로하고, 의지를 다지게 해준 고마운 말씀으로 기억한다. 지금도 그 말씀에 감사하고 있단다. 아마도 그때의 뼈아픈 기억이 아빠가 계속 노력하게 된 원동력의 일부분이라고 생각한다. 어린 그 당시에는 마음이 많이 아팠지만 지금 생각하면 아빠에게는 좋은 약이 되었고, 인생의 등불이 되게 한 그 경험이 아빠를 사랑하는 하느님의 크신 배려가 아닌가 생각하고 있단다.

효민아, 짧은 시간에 좋은 토플 성적을 낸 것을 우선 축하한다.

엄마에게 듣기로는 특히 '쓰기' 부분이 강하다고 들었다. 효민이의 장점을 잘 살려서 공부했으면 한다. 네가 왜 미국대학에 진학하고 어려운 길을 가고 있는지 스스로에게 묻고 답하는 데 최선을 다하렴. 사회가 필요로 하는 인재가 되거라.

아들에게 보내는 편지 2

진실된 삶이란 무엇일까

아빠는 어제까지 외과학회가 있어 바쁘게 보내다가 오늘 우연히 EBS에서 방영된 〈뮤직박스〉라는 영화를 보았다. 진실을 밝히는 것은 어렵고 힘든 일이지만 대의를 위해 진실은 꼭 밝혀내야 한다는 것을 이야기하는 영화였다.

헝가리 이민자인 주인공은 변호사 일을 하고 있는 이혼녀다. 그녀의 아버지는 노동자 출신으로 가족은 일찍이 헝가리에서 미국으로 이민 왔다. 그녀의 어머니는 어렸을 적 죽었고 주인공을 비롯한 남매는 아버지가 홀로 키워냈다. 그러던 어느 날 헝가리 정부에서 아버지를 소환했다. 아버지가 1945년 제2차 세계대전이 끝났을 때, 나치의 사주로 헝가리 특수부대원으로 활동하면서 유대인을 학살했다는 죄목이었다. 미국 일리노이 주 검사가 아버지를 고소했고 주인공은 변호를 맡았다. 아버지는 강력하게 범죄를 부인했고 딸도 이러한 아버지를 위해 백방으로 증거를 찾아 변호한다. 법정에서는 1945년 부다페스트 학살 현장에 있던 사람들의 증언이 이어졌다. 그리고 검사와 변호인 각자가 증거를 내세우며 역전의 역전을 거듭한다. 이 부분은 손에 땀을 쥐게 한다. 무죄한 아버지를 놓고 끝까지 죄를 추궁하는 검사가 미워지고, 무죄한 아버지를 끝까지 변호하는 유능한 딸에게는 박수를 보냈다.

급기야 부다페스트 현지의 증인을 채택하지만, 증인이 병상에 있어 미국에 오지 못하자 판사 및 검사, 변호인 등이 부다페스트 현지에 가서 증언을 들었다. 이 증인의 진술로 아버지의 무죄는 마침내 입증되었다. 검사의 기소는 기각되었고 아버지는 무죄가 입증되어 축하 분위기가 한창이었다. 이 와중에 아버지의 절친한 친구였던 헝가리 옛 동료의 딸이 자신의 아버지가 간직하고 있던 뮤직박스를 대신 갖고 있다가 주인공에게 돌려주었다. 주인공은 우연히 아름다운 뮤직박스의 음악을 듣다가 그 안에 있던 옛날 사진들을 보게 되는데, 그것은 자신의 아버지가 헝가리 특수부대원으로 있을 때 유대인을 잔인하게 학살하는 모습이 찍힌 충격적인 사진이었다. 딸은 이 사진을 보면서 한없이 운다. 자신이 그토록 무죄라고 믿고 사랑한 아버지가 그렇게 끔찍한 사건의 주범이었던 진실 앞에 당황하고, 한없이 오열하는 모습이 애처로웠다. 더욱이 자신의 아버지에게 이 사실을 알리고 비난하자 전혀 죄의식을 느끼지 않는 파렴치한 모습을 보인다. 주인공은 자신이 본 사진들을 미 법무부에 편지와 함께 보냈다. 며칠 뒤 이 사건의 진실이 밝혀지고 신문에 주인공 아버지의 끔직한 과거가 대서특필되는 것으로 영화는 끝이 난다.

《논어》에 보면 공자가 어느 날, 아버지가 이웃집 소를 외양간에서 훔치는 것을 보면 자식은 관가에 고발할 것인지 아니면 부자간 정을 생각하여 덮어줄 것인지 질문하였다고 한다. 어느 쪽도 공자의 가르침에 어긋나는 어려운 상황인데, 진실을 밝히는 것은 그만큼 어려운 일이다. 신념과 용기가 필요한 일이다. 이러한 상황에서는 각자의 가치관을 따라 개인이 판단할 몫일 것이다.

영화를 보고 마음에 잔잔한 감동이 일면서 한 편의 좋은 책을 읽은 기분이 들었다. 책 이야기가 나왔으니 말인데, 최근 이모가 영국에서 귀국하면서 셰익스피어의 《오셀로》 1903년 인쇄판을 아빠에게 선물하였다. 오래된 책이지만 아빠가 책을 좋아하는 것을 알고 선물해주어 기분이 좋았다. 언젠가 아빠가 보여줄게. 아빠의 연구실에도 사연이 있는 오래된 책 몇 권과 기록 필름이 있단다. 그 책에 얽힌 사연들은 나중에 기회가 되면 알려주마.

아들에게 보내는 편지 3

다섯 가지 생각 선물

효민아, 이제 완연한 가을 날씨구나. 따뜻한 햇볕이 아파트 베란다를 비추지만 여름의 더운 열정이 아니라 조용하면서 차갑고 냉정하게 느껴진다. 가을이 성큼 다가왔음을 느끼게 한다. 아빠가 신문을 보다가 3M이라는 대기업의 최고경영자CEO인 조지 버클리의 인터뷰 기사를 읽었는데 좋은 부분이 있어 너에게 보낸다.

버클리 CEO는 2008년 금융위기를 겪으면서 한 걸음 물러서서 지난 100년 동안의 세계 경제의 역사를 되돌아봤다고 한다. 직원들은 자기보다 두려움에 떠는 리더를 따르지 않기 때문에 그는 최대한 평상심을 유지하며 이 위기가 언제까지 계속될지, 경기회복은 언제나 가능할지 연구하면서 직원들에게 설명했단다.

영국 셰필드 출생의 버클리 CEO는 갓난아이 때 부모에게 버려졌고, 할머니와 양어머니 손에 길러졌다. 몸이 약해서 어릴 때부터 빈혈과 만성 기관지염에 시달렸다고 한다. 그런 그에게 위기의 순간 평상심을 유지하고 시련을 극복하는 방법을 알게 해준 사람은 터프하면서도 현명했던 할머니, 부드럽고 친절했던 양어머니 두 사람이라고 한다. 버클리 CEO는 사람들에게 신뢰를 쌓는 가장 좋은 방법은 사려 깊게 행동하고 상대를 항상 존중하는 것이라고 말하며, '사람'이 없으면 3M의 혁신도 불가능하다고 말한다.

불우한 환경 속에서도 그는 엔지니어의 꿈을 키웠고, 남은 인생을 바보처럼 살지 않으려고 공부에 매진했다고 한다. 장학금으로 공부해 전자공학 박사가 된 버클리 CEO는 미국의 경제전문지 《포춘》이 선정한 500대 글로벌기업 CEO 가운데 유일한 영국인이기도 하다. 영국 엘리자베스 여왕으로부터 기업인으로서의 공로를 인정받아 기사 작위를 받았단다. 어린 시절 라디오나 세탁기를 분해하면서 놀거나 크레인이나 자동차 장난감을 가지고 놀면서 새로운 것을 만드는 데 관심이 많았다는 버클리 CEO의 할머니는 그에게 항상 엔지니어가 되라고 응원해주었다고 하는구나.

효민아, 아빠가 버클리 CEO의 이야기를 너에게 보내는 것은 많은 메시지가 있어서이다. 외적인 환경에 좌절하지 않고 자기의 꿈을 향해 나아가는 아름다운 인생이 이뿐이겠느냐? 각 분야에 많이 있을 거라고 생각한다. 몇 가지 보태어 적어 보낸다.

1. 사브라sabra: 최근에 읽은 책 《무지개 원리》에 따르면 이스라엘 민족은 자녀를 '사브라'라고 부른다고 한다. 이 선인장은 사막의 어떤 악조건 속에서도 꽃을 피우고 열매를 맺는 강인함과 억척스러움이 배어 있다. "너는 사브라다. 내 인생은 선인장과 같았다. 나는 사막에서 뿌리를 내리고, 비 한 방울 오지 않고 땡볕이 쬐는 악조건 속에서 살아남았다. 아침에 맺히는 이슬 몇 방울 빨아들이며 기어코 살아남았다. 그러니 너는 얼마나 소중한 존재냐."

2. 마음을 다하는 태도: 무엇을 하더라도 정성을 다하는 마음가짐. 찰리 채플린이 무명시절 철공소에서 일할 때 일이 바빴던 사장이 어느 날 채플린에게 빵을 사오라고 부탁하였다. 저녁시간이 되어서야 사장은 채플린이 사온 봉투를 열어보았다. 빵과 함께 와인이 한 병 들어 있었다. 사장이 이유를 물었더니 채플린은 "사장님은 일이 끝나면 언제나 와인을 드시곤 하였습니다. 오늘 마침 와인이 떨어진 것 같아 제가 둘 다 사왔습니다"라고 말했다. 채플린의 말에 감동을 받은 사장은 그의 일당을 올려주었고, 그 후로 그를 대하는 태도가 완전히 달라졌다.

3. 플러스 사고: '안 된다보다는 할 수 있다'라는 신념, 새로운 길에 도전 하는 힘. 2002년 노벨물리학상을 도쿄 대학교 마사토시 교수가 수상했다. 학업 성적은 우수하지 못했지만 본인은 능동적인 사고와 플러스 사고로 살았다고 한다. 남이 가지 않은 길을 스스로 만들어서 간다는 생각, 힘과 지성을 다하는 플러스 사고가 주효하였다.

4. 밑바닥을 기겠다는 각오: 세계적인 기업인 케빈 로버츠는 당장 눈앞의 보상보다 일이 좋았고, 매 순간 사랑하면서 열정으로 일한 결과 좋은 성과를 냈다.

5. 실패를 실패로 여기지 않는 태도: 실패란 성공을 발견하기 전 단계. 에디슨이 전구를 발견하기 전까지 2000번의 실패가 있었다고 한다. 에디슨은 실패는 성공의 어머니란 유명한 말을 남기고, 성실한 노력으로 진정한 천재가 어떤 인물인지 보여줬다. 또한 실패에도 굴하지 않고 끊임없이 거듭하는 도전 정신을 보여줬다.

효민아, 많이 힘들더라도 기운 내고 건강에 주의하렴. 그리고 네 전공의 재미에 푹 빠져 공부에 전념하기를 바란다. 그것이 성공의 비결이다. 억지로 하지 않기를 바란다.

아들에게 보내는 편지 4

어려운 시절을 기억하렴

효민아, 생일 축하한다. 먼 미국에서 혼자 생일을 보내느라 쓸쓸할 것 같구나. 어제는 엄마와 오전 아홉 시 미사에 참석했다가 같이 마트에 가서 이것저것 사고 집에 왔다. 엄마가 끓여준 된장찌개를 먹고 최근에 산 책을 읽다가 엄마가 할머니를 위해 닭죽과 밑반찬을 준비해줘서 장위동 할머니 댁에 갖다드렸다. 저녁에는 치킨을 시켜 엄마와 같이 먹었다. 누나와 네 생각이 나는구나. 닭을 참 좋아하는데.

어제 읽은 책은 우연히 학교 책방에서 구입한 《나의 아버지 평유란》이라는 책인데 재미있어서 끝까지 읽었다. 평유란은 《중국 철학사》라는 유명한 책을 저술한 대학자이자 중국 베이징대학 철학과 교수였던 사람으로, 95세에 세상을 떠났다. 문화혁명 등 시대의 격변을 거치며 공산당 시절에는 고초도 당했지만 대륙에 끝까지 자리한 학자였다. 이 책은 그의 딸인 소설가 펑종푸가 아버지를 잃은 상실감을 추슬러 저술한 내용을 담았다.

장위동에 갔을 때 그쪽 집의 재개발이 얼마 남지 않아 사진을 정리하다가 오래된 사진들을 발견했다. 아빠 대학 졸업식 때 찍은 사진인데, 장위동 집에서 돌아가신 너의 증조할머니, 할머니, 아빠, 고모, 작은아버지까지 다 같이 찍힌 사진이었다. 한참을 보았단다. 사진 속 할머니는 지금의 아빠 나이보다 어린 젊은 모습이고, 증조할머니는 당시 70세 정도의 나이로 보인다. 아마 할아버지 돌아가시고 2년 후 무렵인 것 같구나.

힘들게 가정을 꾸리고 있었을 할머니의 사진 속 모습을 보고 아빠가 속으로 많이 울었다. 증조할머니도 사진 속에서는 조금 웃는 듯 보이는데, 돌아가시기 몇 해 전이라 그런지 많이 편찮으신 모습이구나. 왜 그때 조금 더 잘해드리고 살펴드리지 않았는지 후회가 많이 된다. 고모는 갓 피어난 꽃처럼 예쁜 모습이고 작은 아버지는 말 그대로 풋풋한 대학생의 모습이구나. 옛날 사진은 아빠를 정화시키는 세례수인 것 같구나.

효민이와 가영이도 아마 먼 훗날 우리 가족사진을 보고 옛일을 기억하겠지. 아빠처럼 옛날 사진을 보며 조금 더 사랑할걸, 조금 더 잘해줄걸, 조금 더 관심을 보이고 따뜻한 말을 해줄걸, 조금 더 열심히 할걸, 조금 더 부모님 말을 들을걸 하며 후회하지 않았으면 한다. 아빠의 이런 부끄러운 고백을 효민이의 생일 선물로 보내고 싶구나. 잘 있거라.

약이 된 휴가

시간에 쫓기듯 정신없이 살아가는 현대인에게 휴식처럼 좋은 약은 없는 것 같다. 격무에 파묻혀 사는 의사에게도 마찬가지이다. 환자 곁을 떠나는 것이 미안하기도 하지만 나 또한 인간인 이상 재충전의 시간을 가지고 싶다. 좀 더 활기차고 밝은 표정으로 환자에게 잘해줄 수 있다면 의사가 휴가를 가는 것에 대해 크게 이의를 제기할 일은 아니라고 본다.

여름휴가라면 으레 시끌벅적하게 놀아야 하고, 사람들 틈에서 조금은 시달려야 한다고 생각하기 쉽다. 그래서 아예 단단히 각오하고 휴가를 떠났다가 돌아오면 오히려 피로가 더 쌓이는 경우가 적지 않다. 의사의 좋은 처방이 있어야 병이 잘 낫는 것처럼 피서도 잘 갔다 와야 심신이 회복된다.

나는 조금 일찍 휴가를 내어 안동과 홍천에서 민박을 하고 돌아왔다. 내가 묵은 민박집은 안동의 600년 된 고가古家였다. 그곳에서 모기에게 뜯기면서 잠이 들었지만, 모처럼 맛보는 고요함과 한적함에 행복했다.

시골은 저녁 여덟 시만 되어도 칠흑 같은 어둠에 휩싸인다. 휘황찬란한 네온사인에 익숙한 도시인들이 당황할 정도로 말이다. 도시에 있었으면 시간에 쫓겨 허겁지겁 무언가를 하고 있을 때인데도 시골은 세속을 떠난 듯 유유자적하고 있었다. 아침이면 별채 창 너머로 강과 산이 보이고, 그 위로 피어오르는 물안개가 그렇게 정겨울 수 없다.

홍천에서의 하룻밤도 한여름인데 새벽에는 마루에서 자다 추워서 깰 정도였다. 오랜만에 보는 별밤은 촘촘히 박힌 별들이 소리를 치면 막 쏟아져 내릴 것 같았다. 불편했지만 재래식 화장실도 추억에 젖게 했다. 우물물을 길어 쌀을 씻고 밥을 해먹었다. 마음속까지 시원한 물은 도심의 수돗물과 견줄 바가 아니었다. 복잡한 도시 생활을 벗어나서 짧은 시간이었지만 그야말로 제대로 된 피서요, 휴식이었다. 낮에는 고추밭을 바라보면서 잠자리를 따라 나의 시선은

창공을 비행하기도 했다.

안동에서는 영주의 부석사와 소수서원, 병산서원, 도산서원 등 성리학자들이 사람을 키우고 인격을 도야陶冶한 곳을 둘러보았다. 의상대사가 세운 부석사의 무량수전은 내 식견이 모자라 큰 감동을 받지는 못했지만, 그곳에서 내려다보는 경치만큼은 그만이었다.

도산서원에는 퇴계 선생의 유품이 그대로 보존돼 있었다. 그중 인상적이었던 것은 퇴계 선생께서 매일 행동을 반성하고 경계하는 글을 담았던 일기였다. 미국을 건국한 인물 중 한 명인 벤자민 프랭클린이 매일 자신의 행동을 체크하고 기록한 것과 비슷한 것이었다.

'온고이지신溫故而知新'. 옛사람들의 흔적과 자취 속에서 우리 현대인들도 한번 마음을 가다듬고 어떻게 살아가야 할지 생각하는 것은 매우 유익할 것이다. 허황된 마음과 생각을 버리고 인간의 도리와 올바른 삶을 추구하던 선인들의 치열한 배움터에서 다시 한번 그때의 숨결을 느낄 수 있었다. 이번 피서는 좋은 처방을 받은 것처럼 심신이 회복된 약 같은 휴가였다.

옛글에서 얻은 마음의 위로

박제가의 《묘향산소기妙香山小記》의 압권은 극락전極樂殿에서 나누는 금환禁寰 스님과의 대화에 있다. 잠시 소개하고자 한다.

금환 스님은 50여 살의 나이로 불경을 외는 것은 잘하지만 사람과 마주하는 것은 꺼리는 듯했다. 그 형인 혜신 또한 중이 되어 극락전에 거하는데 불경의 조예가 금환보다 낫다 한다. 내가 물어보았다.

박제가 중 노릇이 즐거운가?

금환 제 한 몸을 위해서는 편합지요.

박제가 서울은 가보았소?

금환 한번 가보았지요. 티끌만 자옥이 날려 도저히 못 살 곳 같습니다.

내가 또 물었다.

박제가 대사, 환속할 생각은 없소?

금환 열두 살에 중이 되어 혼자 빈산에 산 것이 40년이올시다. 예전에는 수모를 받으면 분하기도 하고 자신을 돌아보면 가엾기도 했지요. 지금은 칠정七情(사람이 가지고 있는 일곱 가지 감정)이 다 말라버려 속인이 되고 싶어도 될 수도 없으려니와 혹 속인이 된다 해도 무슨 쓸모가 있답니까? 끝까지 부처님을 의지하다가 적멸로 돌아갈 뿐입지요.

박제가 대사는 처음에 왜 중이 되시었소?

금환 만약 자기가 원심願心이 없다면 비록 부모라 해도 억지로 중노릇은 시키지 못하지요.

이날 밤 달빛은 마치도 흰 명주와 같았다. 탑을 세 바퀴 돌고 술도 한 순배하였다. 먼데 바람소리가 잎새를 살랑이니 쏴아 하고 쏟아내는 듯 쓸어내는 듯하였다.

마치 한 폭의 정경을 그대로 보는 듯하다. 금환 스님의 말이 마음에 위로가 되는 것은 무슨 뜻일까? 날카롭고도 어려운 질문에 유연하게 대응하며 자신의 마음을 보여준 금환 스님의 말은 높은 성직자의 고뇌와 인간미의 극치라 할 수 있겠다.

일상에서 마주한 성자

수술이 끝나고 휴게실에서 차 한잔 마시며 쉬고 있는데 TV에서 시각장애인 부부가 나왔다. 35년 이상을 해로하면서도 서로의 얼굴도 아들딸의 얼굴도 모르지만, 오순도순 살아가는 노부부는 그야말로 감동 그 자체였다. 둘째 아들 내외가 맞벌이를 해서 손자손녀까지 키우는 노부부는 모르는 사람이 보면 눈이 보이는 건 아닌지 착각할 정도로 모든 집안일을 척척 잘해냈다. 할아버지는 할머니가 못하는 것이 없다고 칭찬까지 한다. 할머니에게 손녀의 모습이 궁금하지 않느냐고 물으니 그저 웃으면서 예쁘다고 대답한다. 할아버지에게 소원을 물으니 아내와 아들딸, 손주들의 얼굴을 보고 싶다고 한다. 할머니가 정상인과 똑같이 아이를 키우는 것을 보며 사랑의 위대함을 엿볼 수 있었다. 손자손녀에게 듬뿍 주는 할아버지의 사랑, 간식거리를 챙겨주는 소소한 할머니의 사랑이 참으로 어여쁘다. 겨우 네 살 된 손녀도 할아버지, 할머니의 눈 역할을 톡톡히 한다.

노부부의 소박한 삶은 거룩한 삶이다. 어떤 철학자보다 귀중한 철학과 메시지를 현대인에게 전해주고 있으니까 말이다. 이런 인간적이고 소박한 삶이야말로 하늘이 보기에 좋은 삶이 아닐까. 나무에게도 삼나무, 참나무, 소나무 각자 나름으로의 길과 목적이 있듯, 단지 자신에게 주어진 삶에 충실하게 살아내는 것이 어쩌면 가장 아름다운 삶이 아닐까. 오늘, 일상에서 보기 드문 성자聖者를 마주한 것 같아 가슴이 뭉클하였다.

음악이 있는 생활

일전에 예매해놓은 이탈리아의 실내 합주단 이무지치I Musici의 연주를 듣기 위해 예술의 전당에 다녀왔다. 이무지치 합주단이 연주하는 아름다운 선율에 푹 빠지면서 비록 비싼 자리는 아니었지만 딸 가영이와 함께 이런 좋은 음악을 감상할 수 있는 행복을 누리는 것에 감사한 마음이 들었다.

내 기억으로 이무지치 합주단이 처음으로 내한한 것이 1975년즈음이다. 그때 나는 의대 예과 1학년에 재학 중이었다. 친구가 연주회에 간다고 해서 나 역시 가고 싶은 마음에 부모님께 말씀드렸는데 안 된다고 하셨다. 그때 제일 싼 좌석의 입장료가 5,000원이었는데, 화가 나서 어머니께 장문의 편지를 써서 읍소하던 기억이 난다.

돌이켜보면 부모님 입장에서는 학비를 내주고 교재를 사주며 오롯이 공부에만 신경 쓰게 하는 것이 전부라고 생각하던 시절이었으니 그런 음악회에 간다는 것을 이해하지 못했을지도 모른다. 아니면 그런 곳에 돈을 쓸 만큼 형편이 여유롭지 않았을 수도 있다.

예과 시절, 학교 합창단에서 연말에 메시아를 합창한다고 하여 나도 참석해 연습한 적이 있다. 그런데 합창단 의상이 모두 검은색 양복으로 정해진 것이 아닌가. 이 행사 때문에 양복을 살 수도 없어 알고 지내던 가톨릭대학 신학부 학생에게 검은 상의를 빌려 입었다. 어색하고 잘 맞지 않는 양복을 입고 무대에 서서 합창하던 것이 생각난다.

모두 옛날이야기이다. 30여 년이 지난 현재의 나는 이런 걱정을 할 필요가 없다. 내 자식들도 남부럽지 않게 문화생활을 즐기는 편일 것이다. 가고 싶은 음악회가 있으면 돈이나 부모의 허락과 상관없이 시간만 내면 되는 형편이고, 행사가 있어 정장이 필요하면 나나 아내가 의상을 챙겨줄 것이다. 물론 지금도 아이들 입장에서는 선뜻 양복을 사 입을 처지가 아닐 수 있지만 적어도 친구에게 빌려 입지는 않아도 될 것으로 생각한다.

음악회에 참석하다보면 가족동반으로 오는 사람들을 자주 본다.

특히 음악회를 즐기면서 그 단체를 사랑하고 아끼는 모습을 보면 이런 것들이 모여서 문화의 꽃이 피는 것 아닌가 생각한다. 그런데 아직도 이런 행사에 참석하는 것은 일부 부유층에 국한된다고 생각하는 사람들을 종종 본다. 이제라도 연인 혹은 가족 단위로 이런 행사를 즐기는 문화가 정착되기를 바란다. 고단한 인생에서 맛보는 좋은 여유는, 자신뿐만 아니라 다른 사람들에게까지 그 향기가 전파되어 삶을 향기롭게 한다.

작년에 한 수녀님의 전시회에서 성화聖畵를 한 점 산 적이 있다. 그림의 판매 수익은 전액 수녀회의 건축기금으로 사용된다고 했다. 어머니와 같이 구경하면서 작은 사이즈의 그림이지만 한 점 더 구입하여 동생에게 선물했다. 이 그림은 아마도 동생 연구실에 걸려 있을 것이다. 이러한 그림 구매도 보통 사람에게는 사실 쉬운 일이 아니다. 집사람이 미술을 전공했지만 방이나 거실에 거는 것은 자신의 작품 외에는 예전 외국 박물관에서 산 포스터 정도다. 우리나라도 문턱을 낮추어 미술품이 우리 일상에 가깝게 다가올 수 있으면 좋겠다.

외과학 교실의 소파 뒤편에는 수채화 한 점이 걸려 있다. 전공의 한 사람에게 받은 것을 내가 교실에 걸어놓은 것이다. 하지만 그림을 감상하는 이는 아무도 없다. 병원 내 복도에도 많은 그림이 걸려 있지만 그림에 대한 설명은 전무한 편이다.

문화생활이 자연스럽게 우리 삶의 한 부분이 된다면 생활 속 스트레스를 푸는 하나의 출구가 될 수 있지 않을까? 그럼에도 그 문턱이 높다느니 언감생심 혹은 고상한 취미라는 말은 듣고 싶지 않다. 우리가 살아가는 21세기는 더 이상 이런 문화생활이나 수집 등의 취미를 일부 특권층이나 접할 수 있는 시대가 아니기 때문이다. 이제 20대에 접어드는 청년들이 30년 전 내가 그랬던 것처럼 문화생활을 즐기기 위해 읍소하며 부모님께 편지를 올리는 일이 없기를 바랄 뿐이다.

낯선 세계로의 외출

원래대로라면 어제부터 짧은 휴가가 시작됐어야 한다. 하지만 수술이 밀려서 어제도 환자를 치료했고 오늘도 아침에 나와 회진을 돌았더니 저녁 열 시 반이 넘어가고 있다. 근래 심심치 않게 VIP 환자가 입원하거나 수술하는 경우가 있어 여러 가지로 신경이 쓰인다. 하지만 VIP 환자가 아니라도 그에 못지않게 신경 쓰려고 노력한다. 이런 환자들은 말을 하고 싶어도 의사들에게 미안해하며 제대로 물어보지 못하고 대접받고 싶은 것이 있더라도 참고 지나치는 경우가 많기 때문이다. 반면 VIP 환자들은 필요 이상으로 대접받는다. 세상의 법칙이지만 씁쓸한 마음이 든다.

오늘은 낯선 세계로 외출했다. 마침 여동생이 시간을 내주어 함께 인사동 입구에서 미술관 버스를 타고 평창동으로 향했다. 한낮의 풍경이 몹시도 낯설게 들어왔다. 내가 얼마나 세상과 등지고 병원 안에서 환자만 보며 살아왔는지 새삼 느껴졌다. 갈수록 내 안목과 세계가 좁아질 것이 빤하여 걱정된다. 이런 이야기를 하니 동생은 한길에 깊이 집중하기도 짧은 인생이라고 마치 달인의 경지에 오른 사람처럼 이야기했다. 길 가다 마주치는 사람들, 많은 가게들, 부암동의 허름한 주택가 사이를 누비며 평범한 일상 안에서의 내 모습을 발견하고, 삶의 원동력과 기쁨을 되찾으려 노력했다. 나에게는 작은 재주로나마 도울 수 있는 환자들이 있고, 이런 삶이 내가 추구하던 삶이 아닌가 생각한다.

고정화된 이미지를 파괴하는 한 사진작가의 작품을 가나아트센터에서 관람한 후에 김환기 미술관을 찾아 그의 작품을 감상했다. 일찍이 해외 무대에서 창의력을 마음껏 발휘한 화가인 것 같다. 색감이 좋고 또 나름의 독창성을 가지고 있는 좋은 화가라는 생각이 들었다. 몇 장의 그림엽서를 사가지고 나왔다.

부암동과 성북동, 평창동 일대는 주변에 녹음이 우거지고 조용하여 살기 좋아 보였다. 아파트 생활에 익숙한 사람들에게는 꿈같은 곳으로 보인다. 오랜만에 옹기장수도 보았는데, 옛날 한옥의 장

독대가 떠올랐다. 동생과 외할머니의 근면했던 모습과 솜씨에 대해 오랜만에 이야기도 나누었다. 평범함 속에서 오늘의 소중함을 깨닫고, 일상의 탈출을 통해 나 자신을 되찾은 것에 다시 한번 감사함을 느꼈다. 또한 시간을 내어 동행해준 여동생에게도 감사하다. 특이할 만큼 기억력이 뛰어난 여동생 덕분에 과거로의 시간여행이 즐겁기만 했다. 이런 좋은 여행에 지불한 경비는 기껏해야 버스비 몇 푼과 우동, 좋아하는 책 두 권이 전부였다.

지난주 토요일에는 지하철을 타고 미아사거리역으로 가서 어머니를 만났다. 다리가 불편해 근처 백화점 입구에 앉아 계셨다. 점심으로 냉면을 먹으며 이런저런 이야기를 하다가 식료품 가게에서 몇 가지 반찬거리를 사드리는 게 고작인데도 살 때마다 괜찮다고 손사래를 치신다.

지하철역에서 만난 사람들, 길거리에서 좌판을 벌려놓고 물건을 파는 상인들, 쇼핑하는 사람들, 모두가 힘들고 고단해 보인다. 특수집단에서 일하고 있어서인지 가끔 나는 세상에서 격리된 존재라는 생각이 든다. 하지만 오늘처럼 일상으로 나오면 나 역시 이들과 다를 바 없는 인간임을 자각하며 동지의식마저 들곤 한다. 오늘 같은 일상에서의 탈출이 도리어 일상을 마주하게 되는 시간임을 깨닫는다.

짧은 러시아 방문기

지난 번 모스크바학회에 참가한 둘째 날, 시차 적응도 안 되는 상태에서 제대로 먹지도 못한 채 종일 말을 하니 목이 거의 쉬어버렸다. 콘퍼런스가 끝나자 몹시 지쳤지만 강행군은 계속 되었다. 볼쇼이극장에서 발레 공연을 보는 일정이었다. 6층 구석 발코니에 자리를 잡으니 자리에서 일어나지 않으면 그나마 무대는 보이지도 않았다. 현대음악과 고전음악에 맞춰 여러 팀의 남녀 무용수들이 짧게 공연했다. 고전발레 공연을 직접 보는 것은 처음이었지만 남녀 무용수의 우아한 몸짓과 음악에 맞춰 절도 있게 표현하는 몸동작이 예술로 느껴졌다.

러시아의 자랑인 잘 꾸며진 극장 안에서 하나의 순서가 끝날 때마다 우레와 같은 박수와 앙코르 요청이 이어졌다. 발레에 문외한인 나도 이렇게 감격했는데 애호가들은 얼마나 좋을까 하는 생각이 들었다. 발코니에서 객석을 내려다보니 비싼 좌석은 비었지만 일반석은 거의 차 있었다. 공연이 끝나고 삼삼오오 무리지어 쏟아지는 관객들을 보니 문화 저변이 넓고 공연과 음악을 즐기는 민족이라는 게 느껴졌다. 처음에는 배가 고프고 목이 마른 상태에서 공연을 제대로 즐기기 어려울 것 같았다. 만사가 귀찮고 빨리 허기를 달래줄 음식과 시원한 물, 휴식이 절실한 심정이었다. 그러나 시간이 갈수록 아름다운 공연에서 오는 감동은 육신이 필요로 하는 욕구를 잠시 잊게 해주었다. 재미있는 현상이다.

육신의 욕구를 채우는 것만으로는 삶의 의미가 없다고들 한다. 하지만 정신적인 가치가 언제나 육신의 욕구를 넘어선다고 할 수도 없다. 착취당하는 농민들이 빵과 권리를 위해 볼셰비키 혁명을 일으켰고 러시아 공산혁명으로 이어졌다. 인간은 육체와 정신이 조화를 이루어야 진정한 행복을 찾을 수 있는 것 같다.

기독교나 불교에서는 육신의 욕구를 죄악시하고 정신적인 가치, 즉 믿음으로 이런 것들을 극복하라고 가르치지만, 평범한 인간에게는 쉽지 않은 일이다. 특히 나이가 젊을수록 이런 가치를 우선시하기는 힘들 것이다. 그렇기 때문에 지나치게 물질을 숭배하는 것을

경계하고 참다운 삶을 위한 균형을 가르치고 설득하는 것은 의미가 크다고 하겠다. 참다운 믿음으로 무장한 많은 이들의 희생으로 우리는 지금의 정신적인 유산과 업적을 이루어왔다고 생각한다.

학회에 참석해 모스크바국립병원에서 수술을 하면서 그것을 생중계하고 강연장의 교수들과 토의했다. 연이은 강의에다 극도로 피곤한 몸 상태에서 이런 경험을 하게 되니 정말로 '사람은 빵이 먼저인가, 정신적인 즐거움과 감동이 먼저인가?' 하는 엉뚱한 질문을 스스로에게 던져보는 기회가 된 것 같다.

얼마 전에는 처남댁의 자선 피아노연주회가 있었다. 가능한 한 모든 가족들이 모이기로 해서 나도 참석했다. 그때는 배도 고프지 않고 피곤하지도 않은 상태에서 연주회장에 점잖게 앉아 있었다. 그런데 잘 모르는 곡이 연주되자 졸음이 몰려와 민망할 정도였다. 배부른 돼지는 예술을 받아들일 준비가 안 되어 있었던 것 같다. 아프리카의 한 마을을 지원한다는 공연의 취지를 듣고 나서야 처남댁의 훌륭한 마음에 깊은 감명을 받았던 기억이 난다.

3일 동안의 모스크바학회 일정을 마치고 한국에서 온 교수들의 가족과 같이 러시아 서북부의 도시 상트 페테르부르크로 가는 기차를 탔다. 도착까지 약 네 시간 정도 걸린다고 했다. 기차 안에서 어제 아침 수술실에서의 광경을 다시금 떠올렸다. 120년이 넘은 고색창연한 건물 내부는 그런대로 설비가 갖추어져 있지만 한국의 첨단 시설과 비교해서 많이 뒤져 보였다. 키가 껑충한 간호사와 수술실에서 도와주는 순회간호사, 수술기구 모두 낯설고 투박한 데다 커서 섬세한 수술을 하기는 어렵다고 판단했다. 더구나 말이 통하지 않아 계획된 내용을 일일이 보여줘야 했다. 수술 기술과 개념에 대해 영어로 설명하고 질문에 답을 해야 하는 상황이었다. 거기다 에어컨이 부실해 땀은 계속 흘렀다. 이러한 환경에 도움을 줄 사람이 필요할 것 같아 제자 한 명을 동반하기를 정말 잘한 것 같다. 영어를 곧잘 하는 제자와 모스크바대학의 젊은 교수를 조수로 하여 큰 문제없이 무사히 수술을 끝낼 수 있었다. 상황에 따라 다르겠지만 육신의 편안함이 꼭 영혼의 기쁨과 비례하지는 않는 것 같다. 살아가면서 그때마다 필요한 부분을 균형 있게 채워가도록 서로 배려하려는 노력이 중요하다. 중요한 건 어떤 상황에서도 인간의 품위와 가치가 떨어지지 않도록 하는 것이다.

러시아를 방문해보니 동방정교회에 대한 깊은 종교적 유산과 문화강국이라는 뿌리 깊은 자존심이 그들 저변의 버팀목이 되고 있다는 걸 느낄 수 있었다. 레닌이 꿈꾸던 사회는 그 당시 환경에서 나온 역사적 결과였고, 소련이 붕괴되면서 레닌 동상도 속속 철거

되었다. 그런데 또 다시 시간이 지나며 레닌에 대한 재평가가 이루어지고, 곳곳에 레닌 동상이 다시 설치되고 있다고 들었다. 아마도 레닌의 철학과 열정이 사람들의 마음에 공감을 불러일으킨 것이 아닌가 생각된다. 러시아는 큰 나라인 만큼 많은 혼돈과 시행착오를 겪고 있는 것 같다. 그 안에서 짧은 시간이지만 배고픔과 예술 사이의 갈등을 느끼며 사람은 무엇으로 사는가에 대해 생각해보는 시간을 가졌다.

식탁 밑의 점잖은 개

어제는 암이 완치된 장년의 여자 환자가 외래 진료실을 찾았다. 환자와 암이 완치된 기쁨을 나누고 서로 근황을 들어보았다. 그녀는 최근 안과에 다니면서 망막 질환 치료를 받는다고 했다. 처음에는 왼쪽 눈에 이상이 오더니 이제는 오른쪽 눈에도 같은 증상이 나타나서 내 얼굴도 희미하게 보인다고 했다. 그렇게 잠시 진료실에서 하소연하더니 이내 눈물을 쏟고 말았다. 암을 이기고 건강을 되찾았나 싶었는데, 이제는 원인 모를 망막 질환으로 실명 위기에 처했으니 얼마나 힘들겠는가. 환자를 위로하면서 잘 치료하면 좋아질 거라고 안심시켜주었다.

7월 말, 가족들과 함께 양평의 펜션을 빌려 1박 2일을 묵은 적이 있다. 한쪽으로는 개울물이 흐르는 아담한 곳으로 가족들과 머물기 좋은 곳이었다. 옆방에는 대가족이 즐거운 시간을 보내고 있었다. 펜션 주인은 저녁에 바비큐 장비와 숯을 준비해주었다. 우리는 고기와 소시지 등을 굽기 시작했다. 당연히 고기 냄새가 진동했다. 펜션에는 진돗개를 닮았지만 잡종인 듯 보이는 어미 개 한 마리와 새끼 네 마리가 있었다. 어미 개의 몸은 야위고 젖은 마른 상태였다. 어미 개는 고기 냄새 때문에 우리 옆에 와서 어슬렁거리면서도 먹을 것을 달라고 한 번도 보채지 않았다. 그저 식탁 밑을 뒤지고 혹시라도 떨어진 음식이 없는지 조용히 찾고 있었다. 고기 냄새가 진동을 하는데 얼마나 먹고 싶었겠는가. 그럼에도 어미 개는 잘 참고 너무나 예의를 잘 지켰다. 개를 좋아하는 아들이 따로 고기와 소시지를 챙겨주니 개는 아들아이만 졸졸 따라다녔다. 펜션을 떠나서도 굶주림을 참아가며 점잖은 태도를 잃지 않던 그 개가 생각난다. 종종 아들과 그 개를 떠올릴 때도 있다. 모쪼록 식탁 밑의 점잖은 개가 배를 곯지 않았으면 하는 바람이다.

40년 넘게 살던 집을 등진 채, 어머니께서는 옷가지와 간단한 서랍장만 가지고 우리 집으로 오셨다. 제과점에서 케이크를 사 갖고 가서 일일이 나누어드리며 옛집에 세든 사람, 주변 이웃들에게 고맙다는 인사를 드렸다. 우리 형제들은 그동안 어머니가 간직하던 물건들을 정리했다. 오래된 성적표, 상장, 옷가지……. 초등학교 성적표가 나올 때는 서로 웃으며 떠들었다. 돌아가신 지 20년이 넘은 외할머니의 옷가지도 고스란히 장 속에 있었다. 이제 고향 땅 이북에서의 모든 약속과 추억은 어머니 기억 속에서만 살아 있을 것이다.

작년에 병원에 입원했다 퇴원하신 어머니는 더는 혼자 지낼 수 없어서 우리 집에 오셨다. 새벽잠이 없는 어머니는 오전 다섯 시 오분만 되면 안방으로 오셔서 우리 내외를 깨우시고, 나는 세면을 하고 출근 준비를 한다.

세입자를 들인 오래된 집은 이제 말끔히 수리를 하고 다른 집이 되었다. 어머니는 복비를 지급하러 가신 참에 양해를 구하고 가게에서 화장지를 사서 옛집을 방문하셨다. 새로운 가족을 들인 옛집 마루에는 십자가와 성모상이 있었다. 그리고 개 두 마리도 있었다. 한 마리는 마당에 있었고, 한 마리는 집안에서 재롱을 부렸다.

오래된 집을 잃어버린 어머니가 우리 집을 낯설어하지 않고 잘 적응하셨으면 한다. 그리고 마음 편하게 사시면 좋겠다. 언젠가 어머니는 조용히 나를 불러 내가 어머니 때문에 곤란을 겪지 않았으면 한다고 말씀하셨다. 알게 모르게 며느리 눈치를 많이 보고 계신 모양이다. 그럴 때마다 편히 계시라고 말씀드리지만 서글프기 그지

없다. 겉으로는 아무 표정이 없으시지만 정든 환경과 이웃을 이별하고 오신 것이 속으로 많이 서운하셨을 것이다. 아마도 우셨을지 모른다는 생각도 들었다. 어느 아침 어머니께서는 '아프지 않고 하느님 곁으로 갈 수 있도록 기도해달라'고 조용히 말씀하셨다.

옛집의 물건 중 유독 눈독을 들이던 흔들의자를 어렵게 아파트로 가져왔다. 집사람의 반대에 부딪쳐서 아직은 현관 앞에 자리 잡고 있다. 요즘 보기 힘든 나무로 만든 의자인데 낡았지만 여간 편한 것이 아니다. 이 의자에 앉아서 독서삼매경에 빠지는 것을 꿈꿔본다.

돌려받지 못한 사진

3월은 입학식 시즌이다. 창밖에서 불어오는 강약의 부드러운 바람의 손길은 마치 나에게 말을 거는 것같이 느껴진다. 아울러 그 따뜻함에 나도 모르게 눈을 돌려 밖을 바로 보게 된다. 교수실 바깥뜰에 따스한 햇볕이 내리쬐고 있고 주변의 꽃망울이 보란 듯 자랑스럽게 자태를 보여준다. 아, 봄이 왔구나! 내가 미련하여 몰랐구나. 너였구나, 언제 왔니?

요즘 낙상으로 발목이 골절되어 재활치료를 하면서 근무하다보니 저녁에는 다친 발목이 많이 붓는다. 지팡이에 의지한 채 천천히 걸으면 마주치는 지인들이 많이 걱정해주고 관심을 가져준다. 솔직히 처음에는 창피해서 지팡이에 의지하지 않으려고 고민했지만 오래 걸으면 아프고 아직은 발목에 체중을 많이 실으면 안 될 것 같아 지팡이를 짚고 다닌다. 누군가 그랬다. 천천히 걸으면 전에는 안 보이던 것들이 보이기 시작한다고. 나도 이참에 지나가는 사람들의 얼굴도, 사물도 천천히 보게 되었다. 덕분에 그 모습을 더 정확히 볼 수 있었다. 더불어 내 마음까지 찬찬히 보게 되었다.

아침 회진 후에 3층 로비에서 커피 한 잔을 마시려는데, 편의점 천 원짜리 커피와 옆 카페 오천 원짜리 커피 사이에서 망설여졌다. 과거에는 거리낌 없이 카페에서 커피를 샀지만, 이제는 망설이게 된다. 편의점에서 한 아주머니가 커피 두 잔을 준비하는 것을 보고 나도 따라 하였다. 그전까지 무심코 나를 위해 쓰던 돈이 너무 사치스러웠다는 것을 자각하게 되었다.

오늘 진료실에는 대장암 치료를 받고 3년쯤 정기검진을 다니는 60대 환자가 왔다. 항상 남편과 같이 다니는데 검사 결과가 좋다고 해도 표정이 어둡다. 기록을 보니 정신과를 다니고 있었다. 연유를 물으니 근래 몇 달 동안 수면장애가 심해서 약을 복용하고 있다고 하며 가정사를 이야기한다. 이혼한 딸아이가 동거하는 남자 때문에 마음고생을 한다는 이야기인데, 남편도 옆에서 심각한 표정으로 서 있었다. 주변에 힘든 일이 있으면 수면장애가 올 수 있으나 상황이 좋아지면 증세 역시 좋아진다고 이야기해주었다.

정신적 스트레스 때문에 몸에도 이상이 오는 것을 나 역시 자주 보았다. 가까운 동생의 남편이 암 수술을 받자 동생은 극도의 불안감과 신체 이상을 호소하여 한동안 정신과 치료를 받았다. 다행히 이제는 많이 좋아졌다. 반대로 정신적으로 긍정적인 요소가 있으면 그 힘은 아주 좋게 발휘될 수도 있다. 그 힘은 본인뿐만 아니라 주변 사람들에게 좋은 영향을 미치기도 한다.

요즈음은 사진을 찍고 바로 메신저나 이메일로 보내서 같이 찍은 사진을 쉽게 공유할 수 있다. 사진을 공유하면 그 상황을 함께 기억하기도 쉽다. 그러나 이렇게 파일로 저장된 사진은 자칫 나도 모르게 삭제하거나 어디에 저장했는지 잊어서 찾지 못하는 경우도 많아 안타까울 때가 있다. 과거에는 사진을 인화해서 앨범에 잘 정리하고 보관했다. 정리와 보관만 잘되면 예전의 사진을 꺼내 보는 것은 어렵지 않았다. 한데 내 기억 속 꼭 간직하고 싶은 사진 한 장은 정작 그러지 못하고 있다. 사진사의 잘못이거나 아니면 주소를 정확히 적지 않아서 안타깝게 전달받지 못한 것이다. 그럼에도 그 사진은 내게 정신적으로 강한 동기부여를 해주고 있다.

내가 대학을 입학하던 당시에는 입학식 때 교정을 돌며 사진을

찍어주고, 미리 돈을 지급하면 현상해서 집으로 보내주던 사진사들이 있었다. 지금은 거의 없어진 풍경이다. 3월 초 아직은 쌀쌀한 계절, 나의 입학을 축하해주러 오신 어른들과 소중한 한 컷을 남겼지만 아쉽게도 그 사진은 아직까지 내게 전해지지 못하고 있다. 다만 그 사진은 내 마음속에서만 흐릿한 영상으로 남았다.

사진 속 인물 중 외할머니와의 추억은 남다르다. 사진을 찍을 당시는 내가 주인공으로 가운데 있었지만 이제 그 사진의 주인공은 돌아가신 외할머니라고 생각한다. 철없는 손자를 위해서 오직 사랑만을 보여주신 외할머니는 생전 나에게 뭐가 되라고 말씀을 꺼내신 적이 한번도 없다. 초등학교 시절 몰래 만화를 보고 있을 때 동네가 떠나가도록 내 이름을 부르며 다니시던 일이 기억난다. 만화방 주인아저씨는 외할머니의 목소리가 들리면 이제 그만 가보라고 타이르곤 했다.

외할머니는 성품이 온화하여 남에게 피해를 준 적이 없고, 화가 나면 그저 속으로 삭이며 청소를 하거나 옷을 꺼내서 다시 정리해 장에 넣곤 하시던 분이다. 비록 배운 것이 많지 않지만 인간으로서의 품격이 아주 높은 분이었다고 생각한다.

한번은 의예과 비교해부학 시간에 토끼를 해부하고 뼈를 발라 부위별로 이름을 붙여서 가져가는 과제가 있었다. 외할머니는 손자의 과제를 위해 밤새 토끼를 삶아서 뼈를 발라주셨고, 겨우 그 뼈를 패널에 붙여 가져갔던 기억이 난다. 100명이 넘는 학생 가운데 나를 포함해 한두 명만이 숙제를 완성하였던 것으로 기억한다.

벌써 돌아가신 지 20년이 지났지만 그때가 생생하다. 수술을 하다가 갑자기 외할머니의 부음을 전해 듣고 선배 교수에게 수술을 부탁한 채 바로 달려갔다. 거실에 조용히 누워 계시던 할머니는 아무 말씀도 못 하고 갑자기 돌아가셨다. 평소 소원처럼, 성격처럼 조용히 이 세상과의 모든 연을 끊으신 것이다. 외할머니의 영혼은 훨훨 날아서 이북 고향의 그리운 친척들을 만났을 것이다. 그리고 안식을 맞이했을 것이라 믿는다.

나이가 들면서 주변에서 명의라고 대우해주고 환자와 보호자들도 나를 존경 어린 시선으로 봐준다. 학교나 병원에서는 제자들이 존경을 표한다. 그러나 드러나는 평가보다 중요한 것은 내 마음에 각인된 사랑을 실천하는 것이 아닌가 생각한다. 비록 입학식의 사진은 내게 없지만 그때 가졌던 감사의 마음과 초심을 잘 지켜나가자는 다짐을 해본다. 돌아가신 어른을 기억하는 것은 슬픔이기도 하지만 그로 인해 정화된 진실한 마음을 갖게 되어서 기쁘다. 삶이란 그저 누리는 것이 아니라 나를 위해 희생한 이들, 나를 사랑해준 사람들의 기대 속에서 어떤 의무와 책임을 느끼는 것이 아닌가 생각한다. 가지지 못한 것은 너무나 안타깝다. 전달받지 못한 사진도 그렇다. 하지만 그래서 더욱 그리움을 간직할 수 있는지도 모른다.

〈내 마음의 강물〉이란 가곡은 음률도 좋지만, 들을 때마다 가사 내용에 마음이 아려온다. 우리 각자가 정말 마음의 강물을 가지고 있는 것이 아닌가 생각된다. 햇살에 빛나는 물결의 휘황찬란한 광경, 잔잔한 물결 위로 부서지는 햇살, 돌을 던지면 동심원을 그리는 파문, 낮게 던진 돌이 수면을 날아가면서 물을 치는 광경, 저녁에 물 위로 떨어지는 짙게 물든 노을 등……. 아마도 영원히 전달받지 못한 그 사진은 이제는 내 마음의 강기슭에 자리하고 있는지도 모르겠다. 마음을 추스르지 못하는 날이면 그 사진이 묻혀 있는 강기슭으로 거슬러 가 잠시 쉬면서 외할머니를 조용히 부르고 싶다.

외할머니 이야기

지난 9월 2일 일요일은 외할머니 이순남 마리아의 기일이었다. 아침에 위령미사를 드리고 온 가족이 집에 모여 외할머니 영정과 꽃을 놓고 그분을 추모하였다. 마침 어머니 쪽의 친척 분도 오셔서 옛날이야기를 꽃피웠다. 이북에서 생활하던 기억을 되살려 고생했던 이야기, 외할머니의 아버지가 장사를 하셔서 돈을 많이 벌었다는 이야기, 외할머니의 오빠가 음악을 전공했고 악기를 여러 개 다룬다는 이야기 등등. 그러고 보니 어릴 때 친척 할아버지께서 오셔서 피아노를 연주하던 일이 기억났다.

이북에서 부자로 다복하게 살던 외할머니는 이남에 와서 온갖

고생과 갖은 수모를 당했다. 그래도 특유의 참을성과 인내로 가족 간의 화합을 위해 노력하셨다. 지금도 화가 나면 조용히 옷장을 열어 옷과 내복을 정리하던 외할머니의 모습이 기억난다. 어머니는 외할머니가 피란 시절 시장에서 구제품을 깨끗하게 다듬어서 파셨다고 했다.

음식, 빨래, 바느질, 어느 하나 모자람이 없이 똑 부러지던 외할머니는 사리에 어긋난 일은 죽어도 안 하시던 분이다. 아침 일찍 집 앞을 쓸던 부지런한 모습과 불쌍한 사람들에게 연민을 보이시던 모습도 기억난다. 특히 평소에 남의 신세를 지는 것을 그렇게 싫어하시더니 기어코 아무도 없는 집에서 갑자기 돌아가시는 바람에 우리 가족 누구도 임종을 지키지 못했다.

돌아가셨다는 급보를 받고 장위동 집에 갔을 때 외할머니는 마루에 누워 그대로 잠들어 계셨습니다. 다행히 얼굴은 평온해 보였지요. 평소 외할머니의 유언대로 유골은 화장해서 산에 뿌렸습니다. 지금도 일 년에 두 번, 한식과 추석은 아버지의 산소에 들렀다가 외할머니의 골분骨粉을 뿌렸던 산에 가봅니다. 이젠 하느님의 나라에서 고이 쉬시리라 믿습니다. 보고 싶은 사람도 만나고 고향도 가보고, 조금이라도 위로를 받으셨으면 좋겠습니다. 기일 전날이면 외할머니의 뼛가루가 담겨 있던 나무상자를 열어봅니다. 어머니가 보면 슬퍼할까봐 몰래 가지고 있던 것입니다. 모자란 저를 어떻게든 제대로 키워보겠다고 온갖 정성을 다하신 외할머니. 제가 어떻게 해야 그 큰 은혜를 갚을 수 있을까요? 사회에 좋은 일 많이 하고 가족을 잘 보살피면 그것이 은혜에 보답하는 것이겠지요?

제가 졸업하고 병원 일을 시작할 때, 신원 조사 서류에 가족과 친척 사항을 적는 칸에서 한참을 멍하니 있을 때였습니다. 제가 피란민의 2세라서 특별히 적을만한 친척이 없어 위축되어 있다는 걸 눈치채셨는지 옆에서 말없이 지켜봐주신 그 눈길이 기억납니다. 당신은 한 번도 어떻게 해라, 무엇이 되라고 말씀하신 적이 없었습니다. 단지 저의 입학시험 전에 성모님을 보셨다는 이야기는 아직도 생생하게 기억납니다. 어릴 때 어려운 숙제가 있으면 대학생들이 등교하는 길목에서 아무 학생이나 붙잡고 물어보시던 외할머니. 손자, 손녀가 행여 만화방이나 불량스러운 곳에 발 담글까 동네가 떠나가라 이름을 부르며 찾으러 다니시던 외할머니. 제가 중학교까지 아침 등교 때는 버스정류장까지 바래다주시고 학교가 파할 때면 정류장 앞에서 기다리시던 분……. 이 못난 손주가 그 큰 사랑을 받았습니다.

돌아가시기 몇 년 전부터는 기력이 약해지셔서 말씀은 별로 없으셨지만, 가면 반갑게 맞아주시고 돌아갈 때는 조심해 가라고 당부하시던 모습이 떠오릅니다. 우리 형제들 모두 외할머니를 진심으로 추모하며 그 은혜에 감사하고 있습니다. 당신이 베푸신 것에 비해 너무 해드린 것이 없지만 사회에서 제각기 열심히 그리고 정직하게 주위 사람들을 돌아보며 봉사하는 삶을 산다면 그것이 그 은혜에 보답하는 길이겠지요. 그렇게 믿고 앞으로도 열심히 살아가겠습니다. 사랑합니다.

더 늦기 전에 감사와 사랑을 전하라

86세 할머니가 대장이 막혀 입원했다. 오래전 나한테 수술을 받았던 할머니의 아들이 연락을 해 다른 대학병원을 거쳐 온 것이다. 위급한 상황의 어머니 옆에서 그렁그렁 눈물을 보이던 아들은 어머니를 꼭 회복시켜달라고 부탁했다.

대장암 수술에서는 대장내시경 검사처럼 환자가 4리터의 설사약을 복용하고 대장의 세척을 잘해야만 한다. 대장암 절제 이후 변이 없는 대장을 다시 접합해야 합병증 없이 잘 낫기 때문이다. 과거에는 대장이 막혀 급하게 수술이 진행되면 거의 인공항문인 장루를 하였다. 그러나 이제는 스텐트라는 내시경적 시술을 통해 장루도 피하고 응급수술도 피하게 되었다. 고령층에서 장이 막혀 응급실에

오는 경우 대부분 대장암이 원인인 경우가 많다. 변비가 오래되거나 복통이 간헐적으로 오는 어르신들은 미리 관련 검사를 받는 게 좋다. 별거 아니라고 생각하거나 자식들에게 미안해서 말하지 못하다가 응급으로 오는 경우가 많기 때문이다.

응급으로 입원했던 할머니는 스텐트 시술이 잘되어 통변이 되고 급한 상황을 넘겼다. 생각해보니 할머니의 아들은 십 년 전 나에게 직장암 수술을 받고 완치된 환자였고, 그때 인연으로 나에게 다시 연락을 해온 것이다. 자식이 먼저 암으로 수술을 받고 부모가 나중에 같은 암으로 수술을 받는 순서가 뒤바뀐 경우가 가끔 있는데 이번이 그런 사례였다.

응급 상황이 지나고 실제 대장암 수술을 진행하려는데 이번에는 자식들의 의견이 엇갈렸다. 85세 이상의 초고령에 장폐색이 있었던 대장암 환자이니 수술을 하지 말자는 의견과 수술로 어머니의 건강을 되찾아야 한다는 의견이 맞선 것이다. 급기야는 수술 날짜를 잡고도 의견일치가 이루어지지 않아 수술을 연기해버렸다. 그로부터 일주일 뒤 나에게 수술받았던 장남이 본인이 모든 것을 책임진다며 가족들을 설득해 허락을 받아냈다.

할머니의 수술이 이렇게 늦어지게 된 데에는 또 다른 이유가 있었다. 할머니는 남편과 일찍 사별했는데, 알고 보니 할머니의 남편도 서울의대를 나온 엘리트 외과의사였다. 그런데 불행히도 남편은 심근경색으로 응급실을 찾았고, 그때 병원의 늦은 응급처치 탓에 돌이킬 수 없게 되었다고 가족들은 지금까지 믿고 있었다. 그런 탓에 의료진에 대한 불신이 여전히 남아 있던 것이다.

일주일 뒤 회복을 기원하는 마음으로 진심을 담아 수술하였고, 수술 5일째 되던 날 할머니는 침상에서 벌떡 일어나 식사도 할 수 있을 만큼 회복되었다. 회진 때마다 마주치는 효심 깊은 아들은 내 말을 한마디라도 놓칠 새라 귀 기울였다. 할머니를 간병하는 그 아들의 모습을 보면서 내 자신이 부끄럽게 느껴졌다. 그러면서도 기이한 인연으로 같은 병에 걸린 모자母子를 수술하고 건강을 회복시켰으니 먼저 가신 일면식 없는 외과 선배님께 면목이 조금 서는 것 같아 마음이 흡족하기도 하다.

지난 주말, 어머니께 안부 전화를 드리니 집전화도 핸드폰도 모두 연결되지 않았다. 불안한 마음에 온갖 상상이 떠올랐다. 혼자 갑자기 쓰러지신 건 아닌지, 좋지 않은 일을 당하신 건 아닌지 흉측한 망상이 밀려와 부리나케 어머니 집으로 달려갔다. 운전하는 내내 그동안 잘못했던 일이 생각나고 마음속으로 용서를 빌면서 점점 마음의 평정을 잃었다. 그러던 중 딸아이에게서 전화가 왔다. 자초지종을 전하고 할머니댁으로 간다고 하니 자신도 계속 연락해보겠다고 했다. 얼마 안 있어 어머니가 전화를 하셨다. 마침 볼일이 있어 외출했다 들어가는 중이라고 했다. 부랴부랴 집에 도착하니 어머니는 앞에 나와 계셨다. 엉엉 울면서 어디가셨던 거냐고 응석이라도 부리고 싶었지만 이런 응석을 받기에는 어머니는 너무 여리고 약해지셨다. 이 일로 어머니를 독거노인으로 만든 나의 불효를 뉘우쳤고, 훗날 반드시 자식들이 곁을 지키는 가운데 어머니가 돌아가시게 해야겠다는 엉뚱한 효심만 다짐하게 됐다.

오늘 회진 때 어머니의 회복을 기뻐하며, 마음을 다해 간병하는 효자 장남에게 조금 있으면 퇴원하실 수 있다는 기쁜 소식을 전해주었다. 이 환자의 경우처럼 고령 환자에 대한 수술은 아직도 가족이 망설이는 것을 종종 보게 된다. 하지만 심폐기능검사 결과에서 수술을 견딜 수 있을 것으로 판단되면 나이는 회복에 큰 장애가 되지 않는다. 오히려 젊은 환자의 경우 심각한 동반 질환이 있으면 수술 위험도가 높아지는 경우가 있다. 최근에는 의료기술의 발달로 고령 환자의 수술이 많이 안전해졌다. 그렇다고 해도 물론 수술 전 철저한 검사와 위험에 대한 대비는 필요하다.

우리는 큰 병이나 사고를 겪고서야 부모님이 곁에 있다는 것만으로도 얼마나 감사한 일인지 깨닫는다. 너무 늦기 전에 사랑과 감사의 말을 전하는 것이 어떨까? 지금 곁에 계시다면…….

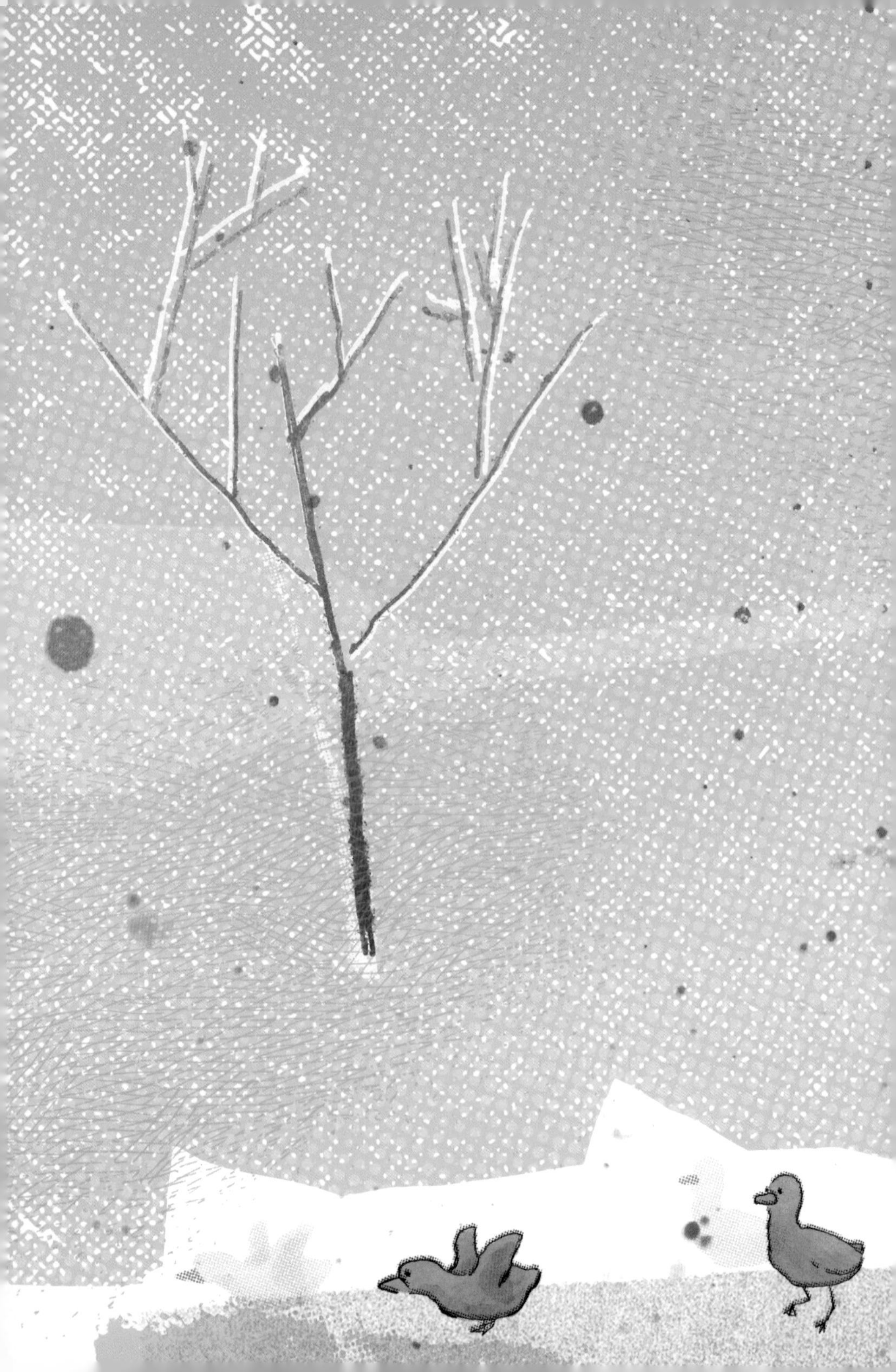

마치며

고통만이 사랑을 체험하게 해준다

겨우내 죽은 듯 보이던 나무에서 화려한 벚꽃이 만개한 것을 보니 그 짧은 화려함이 못내 아쉽습니다. 추운 겨울을 이겨낸 나무줄기에서 연초록빛 새순이 돋아나며 산과 들에서 생명의 향연이 시작되었습니다. 철쭉과 개나리도 지천에 깔렸습니다. 이렇듯 계절의 순환을 겪으면서 우리는 자연의 섭리를 알아갑니다.

지난 사순절 동안 성당에서는 매주 성경과 관련된 퀴즈를 신자들에게 내주었습니다. 주일 미사 후 집에 돌아와 어머니, 아내와 둘러앉아 문제를 풀며 이야기하던 시간이 참 좋았는데, 부활절로 그 시간도 끝나버려서 아쉽습니다. 요즘은 매 순간이 중요하게 느껴집니다.

그동안 기고했던 글을 모아서 막상 책으로 내려고 하니 글이 더 필요하여 일기 비슷하게 써둔 글을 찾기 시작했습니다. 대부분 신변잡기 같은 내용이라 과연 다른 이들에게 공감을 줄 수 있을까 고민도 했습니다. 하지만 암 환자를 치료하는 의사로서 삶과 죽음의 문턱이 일상인 이런 삶도 있다는 것을 보여줄 수 있는 계기가 될 것 같아 부끄럽지만 용기를 냈습니다. 한 인간의 진솔한 고백이 독자들에게 공감을 줄 수 있었으면 하는 욕심을 부려봅니다.

우리의 평범한 삶에서 진정으로 소중한 것은 무엇이고, 기쁨은 어디에 있으며, 죽음을 어떤 자세로 받아들여야 할지 생각해봅니다. 요즘 세상은 어렵고 힘든 일이 있을 때 같이 고민하고 그 고통을 분담하여 해결하려는 노력이 부족하고, 쾌락을 위해 무책임한 행동을 주저하지 않는 것 같습니다. 뉴스에서는 연일 끔찍한 소식이 들려옵니다. 자폭 테러로 무고한 사람들이 목숨을 잃고, 미혼모가 신생아를 유기하거나 브로커를 통해 아이를 거래했다는 소식 등 상상하기 어려운 일이 일어나고 있습니다. 생명 경시와 황금만능주의, 결과지상주의의 극치를 보는 것 같습니다. 이 모두가 우리의 정신적 가치를 어디에 둘 것인지, 무엇으로 우리의 삶을 지탱할 것인지 확실한 정체성을 갖지 못했거나 부족한 데서 오는 문제라고 생각합니다. 이런 시대에 의사가 보여줄 수 있는 태도란 무엇일지 생각해보게 됩니다.

문득 의과대학 진학을 결심했던 때가 기억납니다. 저는 잔인하고 끔찍한 것을 차마 보지 못하는 병약하고 평범한 소년이었습니다. 책장에 꽂혀 있던 의학백과사전을 들춰보면서 끔찍한 모습의 환자 사진을 발견하고 눈을 감아버릴 정도였으니까요. 그러나 신앙이라는 은총을 받았고, 하느님의 분에 넘치는 축복으로 의사의 길을 걷고 있습니다. 제가 마음속 깊이 새기는 말이 있습니다. 돌아가신 교황 요한 바오로 2세의 말씀입니다.

"고통 중에 있는 형제가 누군가의 도움을 받고 고통에서 헤어날 수 있다면, 그 고통은 서로의 사랑을 체험할 수 있는 실로 하느님의 큰 선물이 될 것이다. 그리스도의 남은 고난을 채운다 함은 바로 이렇게 누군가의 고통을 함께 나누는 일이다. 이때 우리는 그리스도 안에서 혈연 이상의 자매가 되어 하느님께 영광이 될 것이다."

제자들에게 가끔 이런 이야기를 합니다. "병 때문에 여러분을 찾는 환자 70% 이상이 여러분보다 배움이 부족하거나 경제적 어려움이 있는 분들일 것이다. 가슴을 열고 늘 따뜻한 마음으로 환자의 손을 잡는다면 오히려 여러분이 행복해질 것이다. 의사는 결코 고상한 직업이 아니지만, 매우 숭고한 직업인 것은 확실하다"라고 말입니다.

진료실이란 좁은 공간 안에서 제가 사람이 될 수 있게 해주고, 넓은 시야를 갖게 해준 환자와 보호자에게 감사합니다. 부족한 글을 기꺼이 읽어주신 유어스테이지의 회원들과 시니어파트너즈 박은경 대표님, 전세호 회장님의 적극적인 후원이 없었다면 이 책은 나오지 못했을 겁니다. 출판사의 고은주 차장, 그림을 그려주신 변우재 작가에게도 감사드립니다. 집안의 일을 도맡으면서도 불평 없이 참아준 아내 이백은 여사에게 감사하는 마음을 전하고 싶습니다. 그리고 아빠의 독주獨走 때문에 힘들었을 아이들에게도 미안한 마음과 감사의 인사를 전합니다. 졸저에 대한 아낌없는 평을 해준 형제자매, 에덴동산에서 저를 추방하신 부모님께도 감사합니다. 책 제목처럼 가장 가까운 가족부터 환자와 그 가족들 '당신들을 만나서 참 좋았다'고 말씀드리고 싶습니다. 마지막으로 이 땅에 태어나 함께 삶을 누리고 있는 우리 모두에게 감사를 전합니다.

그림 **변우재**
홍익대학교 동양화과와 영국 킹스턴대학교 일러스트학과를 졸업했다. 디지털 미디어 회사 애니프레임에서 근무했으며, 다수의 광고, 출판, 영상 등의 분야에서 일하고 있다. 여행을 좋아하고 그림을 그린다.
byunster@daum.net
beinsteins.com

당신을 만나서 참 좋았다

초판 1쇄 발행일 2016년 5월 9일
초판 2쇄 발행일 2016년 5월 25일

지은이 김남규
그린이 변우재
펴낸이 정은영
기획편집 고은주

펴낸곳 ㈜자음과모음
출판등록 2001년 11월 28일 제2001-000259호
주소 (04083) 서울시 마포구 성지길 54
전화 편집부 (02)324-2347, 경영지원부 (02)325-6047
팩스 편집부 (02)324-2348, 경영지원부 (02)2648-1311
이메일 spacenote@jamobook.com

ISBN 978-89-544-3587-1 (03810)

이지북은 ㈜자음과모음의 자기계발 · 에세이 · 실용 브랜드입니다.

이 도서의 국립중앙도서관 출판예정도서목록(CIP)은 서지정보유통지원시스템 홈페이지(http://seoji.nl.go.kr)와 국가자료공동목록시스템(http://www.nl.go.kr/kolisnet)에서 이용하실 수 있습니다.(CIP제어번호: CIP2016008537)